書下ろし

子隠し舟

風烈廻り与力・青柳剣一郎⑫

小杉健治

祥伝社文庫

目次

第一章　三河万歳《みかわまんざい》

一

神楽坂《かぐらざか》にある旅籠《はたご》『野田屋《のだや》』の土間に、たっつけ袴《ばかま》の小肥《こぶと》りの男が入って来た。背に荷を背負い、手には細長い布を持っている。帯刀しているが、武士ではない。

宿の亭主はその男の顔を見るなり、

「これは沢市太夫《さわいちたゆう》。もう、そのような季節になりましたか」

と、たまげたような顔をした。

「さよう。もう年の瀬です」

沢市太夫はふくよかな顔立ちに笑みを浮かべた。

「しかし、いつもよりお早いようですが」

「ええ。一足先にやって参りました。いつもの部屋は空いておりますか」

例年より、十日以上も早く三河《みかわ》を発《た》った。いつもより早めに定宿《じようやど》にやって来たので、部屋が空いているかを確かめたのだ。

「はい。お使いいただけます」

亭主が愛想《あいそ》よく答えた。

ひと月余り、ここに厄介《やっかい》になるのだ。宿にとっても上客のはずだ。

女中が持って来た濯《すす》ぎを使い、いつもの部屋に案内された。

我が家に帰って来たような懐かしさだ。窓から、通りをはさみ、すっかり馴染《なじ》みになった毘沙門《びしゃもん》堂の屋根が見える。

あの屋根を見ると、江戸にやっと辿《たど》り着いたのだとほっとする。

肥った女中が茶を置いて行くと、亭主が宿帳を持って現れた。

「ようお出《い》でくださいました」

改めて、亭主は威儀を正して挨拶《あいさつ》をした。

「三河のほうはいかがでございますか」

沢市は三河万歳《まんざい》の太夫である。

三河国幡豆郡西尾《はずのこおりにしお》にある村の庄屋の伜《せがれ》で、子どもの頃から三河万歳に憧《あこが》れ、ついには土御門《つちみかど》家からの免状を受けるまでになったのだ。

村の子どもたちは、小さい頃から稽古《けいこ》に励《はげ》んでいて、おとなたちは正月になると、門付《かどづ》けに京、大坂や江戸に向かうのだった。

「今年は天候が不順でしてね。特に、今年の夏の暑さは半端じゃありませんでした」

沢市は宿帳を受け取り、

「江戸はいかがですか」

と、きいた。

「今年は大きな火事もなく、比較的穏やかな一年だったと思います」

「そうですか。江戸はひとが多いので、事件も何かと多いのでしょうな」

「事件といえば」

と、亭主が表情を引き締めた。

「何か」

「あっ、いえ、私どもにはあまり関係ないのでございますが、このふた月ほどで、子どもが立て続けにいなくなりました。神隠しが相次《あいつ》いでおるのです」

「神隠し？」

「はい。十歳から十二、三歳の男の子が何人も姿を消しているのです。まるで、神隠しにあったとしか思えない。それで、町方やらが、町中にやたらと警戒の目を光らせております」

「そうですか。それは物騒《ぶっそう》なことで」

ふいに、三河に残してきた子どものことを思い出した。

沢市は三十六歳。三河には妻女とふたりの子どもがいる。下の男の子も、将来の太夫を目指している。

「親御さんはさぞかし心を痛めておられるでしょうな」

「それが、かどわかされたのは親のない子どもばかし」

「なんと。で、手掛かりはなにもないのですか」

「まったく手掛かりはつかめていないようです」

「せいぜい、町中を歩いていて、あらぬ疑いをかけられぬようにしましょう。へたに、子どもに声をかけて、間違えられたらたいへんだ」

「そうです。へたに、子どもに道も訊《たず》ねられませせぬ」

沢市太夫は宿帳に記入し終えると、

「磯七《いそしち》はいつものように、二十七、八日あたりに到着すると思います。その節はよろしくお願いしますよ」

と、亭主に頼んだ。

「はい。かしこまりました。磯七さんとは何年になりますか」

「三年前の才蔵《さいぞう》市で出会いましたから、今度で四回目の相方となりますか」

三河万歳は太夫と才蔵というふたりが、めでたい文句を掛け合いで唄いながら舞うもので、屋敷をまわる屋敷万歳と町家の門付けをする門付け万歳がある。

沢市は屋敷万歳のほうで、正月に出入りの武家屋敷をまわるのだ。

三河からの太夫は、相方を三河から連れて来るとなると費用もかかるので、江戸に来てから相方を選ぶのだ。

その相方を選ぶ才蔵市が毎年、十二月二十八日に日本橋《にほんばし》南詰の四日市《よっかいち》町で開かれる。

安房《あわ》、上総《かずさ》、下総《しもうさ》、武蔵《むさし》には才蔵の技に優れた者が多く、この者たちが集まって才蔵市が開かれる。才蔵になるのはその地方の百姓の出稼ぎということになる。

三年前の才蔵市で、沢市は下総古河《こが》から出て来た磯七という男を雇い入れた。小肥りで、どことなく滑稽《こっけい》味のある男だった。

なかなか達者で、沢市太夫は気に入り、それから毎年、この宿で落ち合うことになっている。

「それでは、どうぞ我が家と思し召《おぼしめ》してごゆるりと」

亭主は宿帳を持って立ち上がった。

「また、ひと月ほどよろしくお頼みします」
沢市は軽く頭を下げた。

翌十六日、長旅の疲れからか朝陽《あさひ》が高くなってから目覚めた。朝から晴れ渡って、富士《ふじ》がかなたに美しく望めた。もうすぐ正月だが、三河にいる家族は沢市抜きの正月を送る。二月に帰ってから、改めて正月の祝いをするのだ。

沢市には江戸にもう一つの目的があった。だから、早く江戸に出て来たのだ。これからのことを思うと、知らず知らずのうちに顔が綻《ほころ》んでくる。

荷を解き、荷物を確認した。折烏帽子《おりえぼし》、紺《こん》の麻の素襖《すおう》、袴、鼓《つづみ》、それに大小。三河万歳の太夫は武家屋敷に上がるために、帯刀を許されている。鼓は才蔵が使うものだが、念のために用意した。

それから、お屋敷への土産《みやげ》の白扇《はくせん》も出入りの数分だけ揃《そろ》っていた。よしと、ひとり頷《うなず》き、沢市は荷を片づけた。

午後になって、沢市は女中に見送られて、宿を出た。

年の瀬の町はどことなくせわしない。十二月十四、五日の両日に深川八幡宮《ふかがわはちまんぐう》で歳の市が催《もよお》されたのを皮切りに、明日と明後日は浅草観世音《あさくさかんぜおん》、その後、神田明神《かんだみょうじん》、芝神明《しばしんめい》と、順次歳の市が開かれている。

江戸には毎年来ているが、そのたびに新鮮な驚きに包まれた。そこかしこに盛《さか》り場があり、大勢のひとで賑《にぎ》わいを見せている。

それも当然といえば、当然だ。全国の諸侯が江戸に屋敷を構え、江戸詰の家来もたくさんいる。諸侯の国元から寺を勧請《かんじょう》し、国表からも商人たちがやって来る。江戸の町が大きいのは当然だ。

途中で駕籠《かご》を拾い、沢市は赤坂田町《あかさかたまち》五丁目、俗に『麦飯』と言われる岡場所にやって来た。吉原《よしわら》が米なら、ここは麦だ、つまり格の低い女郎《じょろう》がいる所という意味らしい。

だが、そういう場所でも、いい女はいるのだ。その女に早く会いたいがために、沢市は三河を早く出て来たのだ。

駕籠を下りてから、怪しげな雰囲気《ふんいき》を醸《かも》し出している一帯に足を踏み入れた。まだ、陽は高く、ひとの姿は少ない。

沢市は、門口に『蓬莱家《ほうらいや》』という屋号のかかった娼家《しょうか》に向かった。まだ、早い時間で、女たちは土間に出ていなかった。

暖簾《のれん》をくぐると、内所から女将《おかみ》が顔を出し、あわてて出て来た。

「まあ、太夫。いらっしゃいましな。今年もお待ちしておりました」

女将は相好《そうごう》を崩《くず》した。

「覚えていてくれましたか」

「当たり前ですよ」

「皆さん、お元気で」

沢市は機嫌よく言い、

「これ、つまらないものだが」

と、途中、川崎《かわさき》宿で買って来た餅《もち》を渡した。

「これはこれは、ありがとうございます。さあ、お久《ひさ》がお待ちかねですよ」

「どうですかねえ」

お愛想《あいそ》だと思っても、悪い気分ではなかった。

すぐに、馴染みのお久がやって来た。二十六歳の年増で、少し痩《や》せぎすだが、細面で目鼻だちの整った顔は受け口のせいか色っぽかった。

お久は軽く会釈《えしやく》をした。

「お邪魔《じゃま》しますよ」

「どうぞ」

沢市の手を恥ずかしげにとり、狭い梯子《はしご》段を上がって行く。このときの緊張感がたまらなくいいのだ。

「お帰りなさいませ」

二階の部屋に入るなり、お久は三《み》つ指ついて迎えた。

その自然な姿に、この女は武家の出に違いないと思うのだ。

しずかに立ち上がり、沢市の背後にまわって、羽織をとった。それを畳《たた》む仕種《しぐさ》にも、どことなく品がある。

屋敷万歳で大名や旗本屋敷に行っているのでよくわかる。お久は、お屋敷の奥方などに決してひけをとらない。

もっとも、お久は身の上を語ろうとはしなかった。

沢市が帯を解き、着物を脱ぐと、すぐに、お久は浴衣《ゆかた》と丹前《たんぜん》を後ろから着せかけてくれた。

お久は手焙《てあぶ》りを沢市の前に持って来て、

「外は寒いでしょう」

と、きいた。

「うむ」

窓の外に目をやったお久の顔を見て、胸が詰まった。寂しそうな横顔だ。

「達者だったかえ」

沢市は手焙りに手をかざしてきいた。

「はい。太夫もお変わりなく」

お久は顔を戻した。

「きょうの日が待ち遠しかった。会いたかったよ」

「忘れずにおいでくださり、うれしゅうございます」

お久は小さな口許《くちもと》に笑みを浮かべた。

お久を知ったのは去年の正月だった。その年は、予想以上に祝儀をもらって気が大きくなっていた。何度も江戸に来ていながら、吉原に一度も行ったことがなかった。思い切って行ってみようかと思ったところ、あるお屋敷の奉公人が、吉原より面白いところがあると言って教えてくれたのがここだった。

敵娼《あいかた》になったお久に、沢市は心を奪われた。一目見て、お久が武家の出だと気づいた。よんどころなき事情で、泥水をかぶる暮らしに落ちたのであろうと、同情もした。

が、そのよんどころなきことのおかげで、お久と巡《めぐ》り合えたのだと、沢市はひそかに胸を震《ふる》わせたのだ。

「酒をもらおうか」

「はい」

お久は立ち上がって部屋を出て行った。

漆《うるし》の剝《は》げ落ちた化粧台、染《し》みの出た天井。実家のものと比べたら、粗末《そまつ》なものばかりだ。だが、そこはかとなく懐かしい思いがする。

ああ、江戸に出て来たのだと、沢市はしみじみと感じ入った。親父《おやじ》が元気だから、こうやって江戸に出て来られるが、いずれ後を継《つ》げば、そうもしていられないだろう。今は親父に代わり、代官の接待や村人たちの訴えに耳を貸したりすることもあるが、時期になれば、万歳の稽古に集中できる。そんななかで、ふとしたときにお久のことを思い出し、胸が切なくなり、そわそわしてきたものだ。

お久が酒膳を手に戻って来た。

「さあ、どうぞ」

お久は沢市の横に座って、酒を勧めた。

「ああ、すまないね」

沢市は盃《さかずき》を差し出す。

安酒だが、お久の酌《しやく》で呑《の》む酒の味は格別だった。

「そなたを知り、春が待ち遠しくてならぬようになった」

沢市は上機嫌で言う。

「わたしも、太夫がいらっしゃるのを楽しみにしておりました」

お久がにっこり笑い、

「今夜はお泊まりくださいますか」

と、遠慮がちにきいた。

「もちろんだ」

「うれしゅうございます」

なんと可愛《かわい》いことを言う、と沢市はお久の手をとった。

そのとき、廊下からお久を呼ぶ低い声が聞こえた。盃を口に運びかけた手を止めて、沢市はお久を見た。

「すみません」

黙礼をして、お久は部屋を出て行った。

お久を身請《みう》けし、どこぞに住まわせたいと思うが、江戸にやって来るのは正月のひと月だけだ。あとは、お久をひとりぽっちにさせておくことになる。そんなことをしたら、お久に悪い虫がつきかねない。

何度も、ため息とともに泡《あわ》のごとくに消える考えだった。

沢市は酒を呑みながら待った。が、ひとりでは寂しい。やがて、廊下に足音がしたので、お久が戻って来たのかと思ったが、足音は部屋の前を素通りしていった。

外はまだ明るいが、部屋の中は薄暗くなって来た。

四半刻（三十分）後に、やっとお久が戻って来た。だが、お久の表情に屈託《くったく》が窺《うかが》えた。だが、それも一瞬だった。

「ごめんなさい」

お久は詫《わ》びた。

「客か」

沢市は顔をしかめた。

「ええ、適当に相手をして逃げて来ました」

お久は沢市の横に座り、

「さあ、どうぞ」

と、徳利《とっくり》を差し出した。

なんとなく浮かぬ顔になって、沢市は酌を受けた。酒の味もさっきと違い、苦く感じられた。

ふと、お久の目が別のところに向いているような気がした。その表情に翳《かげ》があった。やはり、何かあったのだ。

「お久さん。どうした？」

沢市が聞くと、お久ははっとしたようになった。

「あっ、すみません」

あわてて徳利をとり、お久は空《から》の盃に酒を注いだ。

まさか、と思った。お久は待たせている客のことを考えていたのではないか。やはり、お久にはいい男が出来たのかもしれない。

他に親しい客がいても不思議ではない。それは当然かもしれない。また、そのことに文句を言う筋合いはない。だが、自分の目の前で、他の男のことを考えられたら、気持ちのいいものではない。

嫉妬《しっと》心が欲望に火を点《つ》けた。

沢市は盃を置き、すっくと立ち上がった。

「お久さん。こっちへ」

お久の手をとり、隣の部屋に導いた。隣に寝床が一つ敷《し》いてあった。

お久はすっと寝床を出ると、薄紅色の着物を羽織った。沢市は腹這《はらば》いになって煙管《きせる》をくわえた。

お久は痩せぎすにしては胸や尻も豊かで、白い肌は吸いつくようにみずみずしい。決して乱れまいとする健気《けなげ》さがいとおしさを増すのだ。

旅の疲れがまだとれずにいたのか、急に眠くなった。もう夜の帳《とばり》が下りていた。行灯《あんどん》が仄《ほの》かな明かりを灯《とも》している。

うとうととしていたが、いつの間にか、寝入ってしまった。

目を覚ましたとき、お久はいなかった。しばらく待ったが、戻って来ない。さっきの客のところに行ったのだ。どんな男か見てみたいと思った。

沢市は起き上がり、丹前を羽織った。部屋を出ると、厠《かわや》に行く振りをして廊下を先に進んだ。

だが、お久がどの部屋にいるのかわからなかった。この店の妓《おんな》は四人だけで、部屋数も五つか六つ。数は少ないが、いちいち開けて中を確かめるわけにはいかない。

厠の手前から、引き返す。廊下は静かだった。と、通り掛かった部屋の中で、ひとの気配がして、沢市はあわてて自分の部屋に戻った。

そして、襖《ふすま》の隙間《すきま》から、廊下を見つめた。

沢市の視界にお久の姿が入ってきた。その後ろに、遊び人ふうの男がいた。二十五、六。暗いが、色の浅黒い、細面の鋭い顔つきだとわかった。顔が小さな割りに、耳たぶがずいぶん大きい。いわゆる福耳だ。

ふたりが梯子段を下りて行ったあと、沢市はふとんに戻った。今の男のことが頭から離れない。お久はまだ帰って来なかった。

二

十二月十七日。

蔵前《くらまえ》通りの両側に、正月の注連《しめ》飾りや福寿草《ふくじゅそう》の盆栽などが売られている。その露店《ろてん》が延々と雷門《かみなりもん》前まで続き、さらに、境内《けいだい》にも出ている。

きょうは浅草の歳の市である。さすが、江戸一番の歳の市だけあって、風烈廻《ふうれつまわ》り与《よ》力《りき》の青柳剣一郎《あおやぎけんいちろう》は、ひとの多さに閉口した。

ここでの市はきょうと明日の二日間開かれ、二十日からは神田明神、芝神明、愛宕《あたご》権現《ごんげん》と続く。

だが、歳の市の風景を楽しんでいる余裕はなかった。今、剣一郎の目は人ごみの中に見え隠れする男の姿を追っていた。半助《はんすけ》という奉行所《ぶぎょうしょ》の小者だ。

その半助は、ある遊び人ふうの男のあとをつけている。

先刻、風烈廻り同心の礒島源太郎《いそじまげんたろう》と只野平四郎《ただのへいしろう》を伴って鳥越《とりごえ》神社の前を抜けて、森田町《もりたちょう》から蔵前通りに出ようとしたとき、浅草方面に向かって歩いて行く男を見かけた。

その横顔に、剣一郎はすぐに反応した。

「あとは、そなたたちで頼む」

礒島源太郎と只野平四郎のふたりに言い、従って来た小者の半助を借り、男のあとをつけさせたのだ。

半助に男を尾行させ、剣一郎は半助についていく。何かの拍子で振り返ったとき、与力がいれば、警戒心を起こさせる。

町方の者と気づかれぬように、半助は尻端折《しりつぱしょ》りの裾《すそ》を元に戻し、男のあとをつけて行く。そのあとを、剣一郎はついて行ったのだ。

そして、今、歳の市の賑わいの中に入って行った。あの男は、子どもをかどわかした犯人の一味の可能性があった。

先月から、四人の子どもが忽然《こつぜん》と消えている。

最初は十一月三日だった。下谷広小路《したやひろこうじ》の木綿《もめん》問屋の丁稚《でっち》がいなくなったのだ。

その日、朝から風が強く、剣一郎はいつものように見廻りに出ていた。湯島《ゆしま》から下谷広小路に差しかかった頃には、辺りは暗くなっていた。

ときおり強風が砂塵《さじん》を巻き上げ、皆手をかざして俯《うつむ》き加減に歩いている。その砂埃《すなぼこり》が舞い上がる中を、木綿問屋『水戸屋《みと》』の前までやって来ると、店の前に主人と番頭が立っていた。ふたりの様子にただならぬものを感じた。

ちょうど、上野寛永寺《うえのかんえいじ》の鐘が暮《く》れ六つ（午後六時）を告げはじめた。

「どうした、何かあったのか」

剣一郎は近寄って声をかけた。

「あっ、これは青柳さま」

長身の水戸屋助左衛門《すけざえもん》が不安そうな顔を向けた。

「いったい、どうしたのだ」

「はい。丁稚の竹吉《たけきち》が使いに行ったきり帰ってこないのでございます」

水戸屋の表情は曇《くも》っている。

「帰って来ないとな」

「はい。昼前に、田原町《たわらまち》の得意先のところまで使いに出したのですが、なかなか戻って来ないので、手代《てだい》を行かせたところ、とうに帰ったと」

「昼前ではだいぶ経《た》つな」

そこに、三橋《みはし》のほうから手代がかけて来た。

「旦那さま。竹吉は徳兵衛《とくべえ》さんのところには寄っていないそうです」

手代が息せき切って主人に報告する。

「そうか」

水戸屋が落胆《らくたん》の吐息をつき、

「徳兵衛とは、うちに出入りをしている稲荷町《いなりちょう》に住む仕立て職人です。念のために、ききにいかせたのですが」

と、剣一郎に説明した。

「こんな暗くなるまで、どこをほっつき歩いているのでしょうか」

大柄な番頭は太い声で言う。

「竹吉は金目のものを持っていたのか」

剣一郎は事件に巻き込まれた可能性を考えた。

「いえ。無一文のはずです」

荷物は部屋に残っており、店を飛び出した形跡《けいせき》はないという。お店で、辛《つら》いことがあって逃げ出したのではないと、番頭ははっきり言った。

その後、自身番にも届け、町内の若者や鳶《とび》の者たちの手を借りて、一帯を探索したが、竹吉は見つからなかった。

竹吉は孤児《こじ》で、水戸屋助左衛門が三年前に引き取ってやったのだという。

次の日、剣一郎は気になって、水戸屋に顔を出した。しかし、竹吉は帰っていなかった。心当たりのところは探したと、水戸屋は疲れた顔で肩を落とした。

水戸屋は竹吉を実の子のように面倒を見ていたのだ。水戸屋は読売にも記事を書いてもらい、竹吉を探した。

三日経っても、身代金要求などの文は届かなかった。金目的のかどわかしの線もなくなった。

竹吉がいなくなってから五日後のことだった。深川冬木町《ふゆきちょう》に住む長屋の子どもがいなくなった。

両親に死なれ、遠い親戚の家に預けられていた子だった。毎朝納豆《なっとう》売りをし、昼間は材木屋の材木運びなどをしていた。十三歳だった。先日の大雨で崩れた小名木川《おなぎがわ》の土手の修復作業に携《たずさ》わっての帰りから消息が途絶えている。

三人目は、十一月十五日だった。浅草花川戸《はなかわど》の長屋の子どもである。子どもたちと近くの竹藪《たけやぶ》で遊んでいて、夕暮れて、ひとり去り、ふたり去ったあと、その子だけになった。その後、その子を誰も見ていない。

四人目は本郷《ほんごう》の畳職人の親方のところに住込《すみこ》んでいる子どもであった。僅《わず》か一ヵ月足らずで四人の子どもが姿を消した。その四人に共通しているのは、孤児だということだ。

孤児だけをさらっているのか、たまたま孤児だったのか。姿を消した時刻は昼下がりから夕方にかけてだ。まだ明るい、人通りのある場所でかどわかしが起こっている。

手掛かりはなにもなかったが、ただ、四人目の本郷でのかどわかしで、剣一郎は犯人らしき男を見ていた。

それは十二月の初め、今から十日前のことだった。

風烈廻りの町廻りで、夕方になって本郷にやって来たとき、十三歳ぐらいの男の子が歩いて行く後ろに、手拭《てぬぐ》いを吉原被《かぶ》りにし、紺の股引《ももひ》きに縞《しま》の着物を尻端折りした金太郎飴《あめ》売りが歩いていた。

遠目だったが、二十五、六の色の浅黒い細面の顔の男だとわかった。肩幅の広い筋肉質の体と、それ以上に福耳に特徴があった。

剣一郎は気になった。その男のあとを追おうとしたとき、烈風が邪魔をしたのだ。覚えず立ち止まり、砂塵が収まってから顔を上げたとき、もう子どもも飴売りの男も姿が見えなくなっていた。

それでも、剣一郎が探し回ろうとしたとき、湯島のほうで半鐘《はんしよう》が鳴った。

このような烈風の夜に火事が起こったら、火はたちまちのうちに延焼し、大惨事《だいさんじ》になる。剣一郎はすぐに火事のほうに気を配った。

だが、火事は火の見櫓《やぐら》の番人の誤認だった。砂埃を煙と勘違いして半鐘を鳴らしたのだとわかった。

翌日、気になって、町内の自身番に顔を出して様子を訊《たず》ねたところ、本郷菊坂町《きくざかちよう》の長屋に住む、末松《すえまつ》という子どもがゆうべから行方が知れないという。

きのう、剣一郎が見かけた子どもは末松かもしれない。すると、背後からついていった飴売りが……。

剣一郎は疑いの目を向けたが、ただ後ろを歩いていただけかもしれない。それでも、あの男のことが気になった。

それ以降、町廻りのときでも、いつしかあのときの飴売りを探す目になっていた。

そして、今、ついにその飴売りの男を見かけたのだ。飴売りの恰好《かっこう》ではなく、遊び人ふうだが、横顔は似ていた。

すぐに声をかけなかったのは、男がかどわかしと関係があるのか、わからないこともあるが、それより男の立ち寄り場所を摑《つか》みたいと思ったのである。

なにしろ、子どもが人質にされているのだ。へたに刺激をして、子どもに危害を加えられないか。そのことが、剣一郎を消極的にしていた。

歳の市の雑踏《ざっとう》の中で、半助の姿が見え隠れする。人ごみの中には、青痣《あおあざ》与力だと気づいて、会釈してくる者もいる。

半助が雑踏から離れ、駒形《こまがた》堂のほうに曲がり、さらに吾妻橋《あずまばし》方面へ行く。

橋詰を過ぎ、花川戸に向かった。剣一郎は半助を追って、山之宿《やまのしゅく》六軒町《ろっけんちょう》から聖天《しょうでん》町《ちょう》に入った。半助の足取りから、男は相変わらず速度を緩《ゆる》めずに歩いているようだ。

目的があるのに違いない。

その頃から人通りも疎《まば》らになり、飴売りの男の姿が半助のだいぶ先に小さく見え隠れした。

西方寺《さいほうじ》の門前を過ぎて、日本堤《にほんづつみ》を吉原に足を向けるかと思ったが、半助の前を行く男はそのまま山谷橋《さんやばし》を渡った。

両側に寺が多い。ここは、浅草新鳥越町《しんとりごえちょう》で、この先の浅草山谷町《さんやちょう》を過ぎると、小《こ》塚原《つかっぱら》から千住宿《せんじゅ》に至る。

千住宿は奥州《おうしゅう》街道の最初の宿だ。男は千住宿の飯盛女《めしもりおんな》のところに遊びに行くところなのか。

半助が立ち止まった。剣一郎も歩みを止め、半助の様子を窺う。男が歩みを止めたようだ。目的地に着いたのか。

半助はそのまま行き過ぎる。剣一郎も茶屋の横に身を隠して、男の様子を窺った。寺の前に座っている乞食《こじき》に、男が銭を与えたようだ。

ひょっとして、尾行に気づいたのではないか。乞食に銭を与える振りをして、背後を窺ったのかもしれない。

再び、男は歩き出した。男が行き過ぎてから、半助は路地から飛び出して、あとをつけはじめた。

やがて、小塚原に差しかかった。

そこには、一昨日《おととい》、引廻しの上に獄門《ごくもん》になった男の首が晒《さら》されている。主人の妻と密通をし、あげくその主人を殺した手代である。

道中の者などが獄門首を眺めて通る。男も釣られたように獄門首の見物人の仲間に加わった。

樹の陰から、剣一郎はその様子を窺う。男の目が半助のほうに向いた。ふと笑ったような気がした。

男はすぐに獄門台から離れ、千住宿に向かったが、さっきより足の速度が落ちていた。そのことに不審を持った。

(あの乞食だ)

はたと、剣一郎は気づいた。

剣一郎は半助に近づき、

「このまま男のあとをつけろ。私は、さっきの乞食のところに戻る」

と言って、すぐに引き返した。

さっきの寺の前に戻ったが、乞食の姿はなかった。

山門《さんもん》の前にある花屋の小女に乞食のことをきいたが、いつのまにかいなくなったと小首を傾《かし》げた。

「いつもいるのか」

剣一郎は気づくのが遅れたことを悔《く》やんだ。

「いえ、きょうがはじめてです。あの、何かあったのでしょうか」

小女は薄気味悪そうにきいた。

「いや。気にするようなことではない。邪魔した」

剣一郎は踵《きびす》を返し、千住宿に向かった。

しかし、千住大橋の手前で、半助が面目《めんぼく》なさげに立っていた。

「申し訳ございません。見失いました」

半助の話によると、男はそこの一膳飯《いちぜんめし》屋に入ったので、入口の見通せる場所で待つことにした。

ところが、ふと気になり、そっと土間の中を覗《のぞ》くと、職人ふうの男が飯を食っているだけで、他に誰もいない。

とっつあん、たった今、男がやって来たはずだが、と亭主に問うと、腰の曲がった亭主は顔をしかめ、その男なら裏から出て行ったと答えた。初めて見る顔だったと言う。

しまったと、半助はあわてて板場の脇をすり抜けて裏手に出た。路地を走り回り、寺の周辺をまわってみたが、すでに男の姿はなかった。

「気にするな。私の失敗だった。まさか、あの乞食が仲間だったとは……」

剣一郎は西陽を受けて、眩《まぶ》しそうに眉《まゆ》をひそめた。

三

辺りが薄暗くなって、多吉《たきち》はやっと元吉町《もとよしちょう》にある清五郎《せいごろう》の家に落ち着いた。

浅草山谷町から吉原大門へ続く道の途中にある町である。周囲は田圃《たんぼ》で、俗に、田《た》中《なか》と呼ばれている。

「だいじょうぶだったか」

小柄な清五郎が心配そうに声をかけた。傍《かたわ》らに、乞食の恰好をしていた大柄な喜助《きすけ》がいる。

「とんだ道草を食ったぜ」

瓶《かめ》から杓《ひしゃく》で水をくみ、喉を鳴らして飲んだ。

それから、部屋に上がり、裾を払って腰を下ろした。

多吉は煙草盆《たばこぼん》を引き寄せ、

「それにしても、喜助。よくあんなところにいたな。おかげで助かったぜ」

と、喜助に言う。

「清五郎が知らせてくれたんだ」

喜助が清五郎を見て言う。

「そうか。おめえの心配性が役に立ったってわけか」

「そういうことになるな。駒形堂から多吉のあとを角兵衛《かくべえ》の仲間がつけて来ないか見ていたのだ。そしたら、後ろから妙な奴がついてくる。やっぱし、俺たちを信用していないのだと思ったら、その後ろに与力の姿。頬《ほお》に青痣が見えた。こいつはいけねえと思って、土手を韋駄天《いだてん》走りだ」

清五郎はそのときの驚きを口にし、

「だが、どうやって知らせようかと思っていたら、喜助に会ったんだ。それで、わけを話し、多吉に知らせてくれと頼んだってわけだ。喜助が乞食の恰好だったのも運がよかったぜ」

「そうか。なににしても、助かったぜ」

つけられていることにまったく気づかなかった。清五郎の機転がなければ、この住まいを見つけられていたところだ。

「それにしても、青痣与力にどうして目をつけられたのだ。俺には心当たりはねえが」

多吉は顔をしかめて煙をくゆらせた。

「まさか、かどわかしの件じゃねえだろうな」

喜助が緊張した表情になった。

「いや、そんなはずはない。誰にも見られちゃいねえはずだ」

だとしたら、青痣与力はどうして俺のあとをつけてきたのか。心当たりはなにもない。

「おかしいな」

多吉は気にした。どう考えても、目をつけられるとしたら、かどわかしの件しかない。

青痣与力は南町《みなみまち》の凄腕《すごうで》の与力だ。これまでも、数多くの難事件を解決し、凶悪犯を捕まえて来たということは噂《うわさ》に聞いている。

その青痣与力のことだ。常人には考えられない力を持っているのかもしれないと、多吉は背筋を震わせた。

「青痣与力は、多吉が目指した場所がこの一帯だと目星をつけ、しらみ潰《つぶ》しに探すかもしれねえ」

心配性の清五郎が不安そうに言う。

だが、今はそんな清五郎の心配性を笑うわけにはいかなかった。

「そうだな。とにかく用心するに越したことはない。相手が相手だ。すぐにここを出たほうがいいかもしれねえな」

いずれにしろ、この界隈《かいわい》に塒《ねぐら》があることは知られてしまったのだ。多吉も用心をし過ぎることはないと思った。

「じゃあ、俺のところに行こう」

喜助が言う。住まいは箕輪《みのわ》である。

「俺も出て行ったほうがいいな」

清五郎が言った。

「そうだな。俺がここに出入りをしているのを、近所の者にも気づかれている。清五郎も目をつけられる可能性がある。ここを引き払ったほうがいい」

必要以上に用心深くなっているのかもしれないと思ったが、多吉は青痣与力の評判に圧倒された。

「ちくしょう。ここは、いい隠れ家だと思っていたが」

清五郎は未練たらしく吐き捨てた。

「じゃあ、明日の夜にでも」

喜助が大きな体をゆすって言う。

「いや。今夜だ」

多吉はきっぱり言う。

「今夜?」

喜助はそんな急がなくてもいいのではという目をしたが、多吉は青痣与力を恐れた。

「乞食も仲間だったと、青痣与力が気づいたと考えたほうがいい。明日の朝からでも、この一帯を探し回るはずだ」

清五郎も喜助も不安そうに頷いた。

「もちろん、俺たちの姿を誰にも見られずに移動するのだ。そうすれば、青痣与力をしばらくこの界隈に釘付け出来る」

「よし、飯を食い終えたら吉原通いに見せかけて出かけるか」

喜助はため息交じりに言う。

「ところで、角兵衛から次の狙《ねら》いを聞いてきた」

多吉が言うと、清五郎は目を一瞬光らせた。

「神田だ」

「明日、下調べに行く」

「それより、ちょっと気になることがあるのだが」

清五郎が他に誰もいないのに声をひそめた。

「なんだ?」

「いったい、子どもたちはどこへ連れて行かれるんだろう」

「そんなこと、俺たちが考える必要はない。俺たちは、ただ命じられたことを果たしていけばいいのだ。どうした、何か、気になるのか」

「いや。ただ、俺たちを動かしているものの正体がわからないことが、やっぱり気になるんだ」

「清五郎は考えすぎだ」

喜助が苦笑した。

子どものかどわかしは角兵衛という男からの命令で行なっている。角兵衛に会うのは、主に多吉の役割だ。

「それもそうだが」

清五郎は曖昧《あいまい》に答えた。

飯を食ってから、三人は家を出た。

外はすっかり暗くなっていた。田圃の向こうに土手が見え、吉原への衣紋坂《えもんざか》に繋《つな》がる道に向かった。

遊客がちらほら歩いている。

土手に出てから大門には向かわず、土手を西に向かった。

清五郎が未練たらしく振り返った。

四

その翌十八日、浅草山谷町の自身番を出ると、剣一郎は再び深編笠《ふかあみがさ》をかぶり、玉姫《たまひめ》稲荷《いなり》神社に向かった。

この界隈を受け持っている定町廻り同心の大下半三郎《おおしたはんざぶろう》に会って、状況を聞いたが、まだ、飴売りの男が出入りをした家は見つかっていなかった。

まだ、探索から半日だから、無理はない。

大下半三郎は四十歳。普段は、吉原の大門横にある面番所に顔を出している。吉原に出入りをしているせいか、いつも身だしなみに気を使っているようで、小粋《こいき》な感じのする同心だった。その大下半三郎の手にある岡っ引きや手下に探索を頼んである。きのうの男がどこに消えたのか。乞食が仲間だとすれば、乞食のいた界隈に隠れ家があるはずだ。

剣一郎は玉姫稲荷神社の鳥居を潜《くぐ》り、社殿近くに立った。

冷えると思っていたら、小雪が舞い始めていた。西の空は明るいので、激しくなる恐れはないようだ。

四半刻ほどして、小間物《こまもの》屋の恰好をした文七《ぶんしち》がやって来た。

文七は、剣一郎が個人的に使っている男だ。しばらく、姿を見せなかったが、数日前にやっと屋敷に顔を出した。

どうしていたのかと訊ねると、文七は亡き父の法事で、と言葉を濁《にご》した。それ以上の詮索《せんさく》はしなかった。

「あっしのほうも、まだ」

文七は答えた。

大下半三郎の手下は、念のために今戸《いまど》から新鳥越町、山谷町、橋場町《はしばちよう》などを探索し、文七はきょうは小塚原町を歩き回って来たのだ。

「もう少し、小塚原町を探してから、今度は元吉町を歩いてみます」

元吉町は吉原へ向かう途中にある町だ。

「私は、これから行くところがある。夜に、屋敷に来てくれ」

「わかりました」

編笠をかぶったまま文七に言い、剣一郎は鳥居に向かった。

文七が社殿に参拝している。柏手《かしわで》を打つ音が背後で鳴った。

剣一郎は山谷橋を渡り、花川戸から蔵前通りに向かった。いつの間にか、小雪は止《や》んでいた。

歳の市の二日目で、相変わらずの人出だった。市の立っている場所を抜け出るまで、かなりの時間を要した。

鳥越橋を越え、天王町《てんのうちよう》の角を曲がった。やがて、大名の上屋敷の並ぶ七曲がりの道を何度か折れて、向柳原《むこうやなぎわら》から神田佐久間町《さくまちよう》へと入った。

外で、遊び回っている子どもたちの姿が少なくなった。四人もの子がかどわかされたことで、世間の親たちは戦々恐々《きようきよう》としているのだ。

奉行所は何をしているのだという非難の声が日増しに高まっている。南北の奉行所もお互いに連絡をとりあっているが、手掛かりが摑めないのだ。

これが身代金目当てのかどわかしであれば、犯人側から何か言ってくるのだが、それが一切ないので、事後の対策も打てないのだ。

何のためのかどわかしかさっぱりわからない。

剣一郎は神田明神に近い神田旅籠町《はたごちょう》にやって来た。

そこに、「志《し》ちゃ」と筆太に書かれた将棋《しょうぎ》の駒形をした看板のかかった『相模屋《さがみ》』がある。土蔵造りのしっかりした構えの店だ。

『相模屋』は、質業のほかに、大名や旗本などを相手の金貸しもやっている。主人は惣兵衛《そうべえ》という男で、腰の低い男だった。

剣一郎は、編笠をとって暖簾をくぐった。

土間に入ると、文机《ふづくえ》の帳面に目を落としていた手代が顔を上げた。

「これは青柳さま」

ひらべったい顔の手代が頭を下げた。

「相模屋はいるか」

その声が聞こえたのか、奥から番頭の忠五郎《ちゅうごろう》が出て来た。

三十半ばの大柄な男だ。数年前、惣兵衛がどこぞの店で番頭をしていたのを引き抜いてきたという。

この男が番頭になってから、『相模屋』はだいぶ繁盛《はんじょう》しているようだ。

「青柳さま。どうも、ご無沙汰《ぶさた》しております。じつは、主人はきょうは、『多幸園《たこうえん》』のほうに行っております」

忠五郎が大きな目を向けた。分厚い唇《くちびる》に笑みをたたえている。

「何かあったのか」

「いえ、じつは、勘太郎《かんたろう》という子に里親が決まり、あそこを出ることになりました。そこで、前途を祝ってやろうということで、きょうは向こうに出かけたのでございます」

「そうか。それはよかった」

相模屋惣兵衛は深川熊井町《くまいちょう》に別邸を持っていたが、そこに自費を投入して、孤児たちのための施設を作ったのだ。そこを『多幸園』と称した。

火事や病気で両親を失った子や捨て子など、赤ん坊から十五歳まで、今は三十人近い子どもが暮らしている。

惣兵衛に賛同する者たちの善意の寄附《きふ》で、施設の費用を賄《まかな》っているが、不足分は惣兵衛が身銭を切っている。

「で、どこだね、里親は？」

「じつは赤城山《あかぎやま》の麓《ふもと》にある三沢村《みさわむら》でございます。百姓の家ですが、勘太郎も喜んで承知をしましてね」

「百姓になるのか。いいではないか。確か、以前も百姓に引き取られた子がいたな」

「はい。ほとんどの子は江戸で商人か職人になることを望みますが、なかには百姓を厭《いと》わぬ子もあります」

「それにしても、三沢村にはどういう伝《つて》があるのだな」

「主人の惣兵衛がそこの出身なのでございます」

「そうであったか」

両親を早くに亡くした惣兵衛は江戸に出て『相模屋』に奉公し、やがて、先代に見込まれて婿《むこ》養子に入ったと聞いたことがある。

「しかし、子どもに新しい親が見つかったことは喜ばしいことだが、出て行かれてしまうのは、寂しくもあるな」

惣兵衛は、十三、四歳から十五、六歳になった子どもたちを、将来を見すえて、商人に向いていると思う子には商家への丁稚奉公を、職人に向いていると思えば、親方の家に住込みへと、世話をしていっているのだ。

「旦那《だんな》さんも、子どもたちが自立して、『多幸園』を出て行くときには、やはり一抹《いちまつ》の寂しさを覚えるようです」

「そうであろうな」

剣一郎は頷いてから、

「で、特に不審なことは起きてはいないのだな」

「はい。これまでのところ何も」

番頭は答えた。

子どもが四人も行方不明になっている。『多幸園』の子どもたちが狙われないとも限らない。

「以前にも話したように、飴売りの恰好で、子どもに近づいているようだ。そのことを頭に入れて、くれぐれも気をつけるように」

「はい。今は、子どもたちだけでの外出は控《ひか》えさせております」

「そうか。また、出直す」

「はい。主人が帰りましたら、青柳さまがいらしたことを伝えておきます」

剣一郎は『相模屋』を出た。

それから、下谷広小路にある木綿問屋『水戸屋』に向かった。

『水戸屋』の丁稚の竹吉が最初にかどわかされたのである。それから、立て続けに三人の子どもが攫《さら》われたのだ。

編笠をとり、『水戸屋』の土間に入ると、帳場格子に向かっていた番頭が立ち上がってやって来た。

「これは、青柳さま」

浪人姿でも、頬の青痣を見て、すぐに剣一郎だとわかる。

今や、左頬の青痣は、南町奉行所の青痣与力としてあまねく知れ渡っている。

当番方の若手だった頃に、捕物出役《しゅつえき》のときに受けた傷跡だ。無頼漢《ぶらいかん》の中に、単身乗り込んだ勇気の象徴だった。

しかし、勇気でもなんでもなかった。ただ、自暴自棄《じぼうじき》になっていただけなのだ。それを周囲は誤解し、剣一郎を必要以上に讃《たた》えたのだ。

「その後、竹吉のことでは何も動きはないか」

剣一郎は番頭にきいた。

「はい。なにもございません」

やはり、犯人から何も言って来ていない。

失踪《しっそう》したあと、竹吉が辿ったと思われる田原町の得意先とこの店の間で、町方を動員して目撃者を探したが、手掛かりは得られなかった。

人通りが多いにも拘《かか》わらず、誰も竹吉を見ていないのだ。確かに、丁稚らしい小僧《こぞう》を見たという者もいたが、果たしてそれが竹吉だったかどうかわからない。

そこに主人の水戸屋助左衛門が奥から顔を出した。

「ごくろうさまにございます」

瘦身《そうしん》を折って、水戸屋は挨拶をしたあとで、

「で、竹吉のことで何か手掛かりは摑めたのでしょうか」

と、身を乗り出してきいた。

「いや、まだだ。だが、一味らしい者を今、追っている。もうしばらく待って欲しい」

剣一郎は苦しい言い訳をした。

「青柳さま。ひょっとして、竹吉はすでに……」

殺されているのではないかと、水戸屋はききたいのだ。

「いや、それはない。殺すためにかどわかしたものなら、四人の子どもの死体をどこぞに始末しなければならない。いまだに、その死体が見つからないというのは、まだ

無事だということだ」

剣一郎は強調したが、自分の言葉に自信があるわけではなかった。心のどこかに、その不安も消せないでいるのだ。

ただ、ひとりの狂信的な者の仕業《しわざ》とは思えない。そこに救いがあった。用意周到に行なわれた犯行は何人かの仲間がいることを物語っている。

おそらく、子どもたちはどこかへ売られて行くのではないか。人買いがいるのだ。

剣一郎はそう睨《にら》んだ。

水戸屋を出てから、剣一郎は神田川沿いにある船宿から舟を雇い、深川に向かった。

新大橋《しんおおはし》を潜り、大名の下屋敷の角を曲がって、仙台堀《せんだいぼり》に入った。師走《しわす》も半ばを過ぎ、堀沿いを歩くひとの足取りもどことなく忙《せわ》しい。

海辺橋《うみべばし》を過ぎてから、冬木町の町並みが見えて来た。その近くの船着場で舟を下り、ふたり目にかどわかされた子どもの住んでいた長屋に向かった。

勘太《かんた》という十三歳の子どもで、両親に死に別れ、祖母の妹の子に当たる職人夫婦に引き取られていたのだ。

毎朝、納豆の行商をし、昼間は近くの材木屋の材木運びなどを手伝っていたという。

長屋木戸を入り、職人夫婦の住まいに顔を出した。亭主は仕事で出払っていて、女房は縫物《ぬいもの》をしていた。

「あっ、どうも」

女房は縫物の手を止めた。

「いや、すぐに引き上げる」

立ち上がろうとした女房を押し止めた。

「勘太がいなくなる数日前、飴売りの男を見かけたことはないか」

これも以前、訊ねたことだが、今改めて問いかけてみた。だが、この女房は淡々《たんたん》とした口調で答えた。

「飴売りだとか、風車売りなどは、ちょくちょく見かけますけど」

やはり、そういう恰好の者を怪しんではいないのだ。

「近所の者で、勘太を見かけたものは見つからなかったか」

「ええ、見つかりませんでした」

女房の顔には深刻さが見られない。そこに賑やかな声がして、この家の子どもが帰って来た。ふたりだ。

土間に入ろうとして、十歳ぐらいの男の子とその下の子は急に静かになった。剣一郎の姿に、硬直《こうちょく》したようになった。

ふたりはすぐに逃げ出すように踵《きびす》を返した。こら、どこへ行くのと、女房が大声を出した。

「すみません。愛想なしで」

気まずそうに、女房はぺこりとした。

「いや。邪魔をした」

剣一郎は土間を出た。路地の左右を見回すと、今のふたりが井戸の傍《そば》にいた。

「坊や」

剣一郎はやさしく声をかけた。

「何か知っているんじゃないかな。勘太がいなくなったときのことだけど」

丸い目をきょろきょろさせた。戸惑《とまど》っているのかもしれない。

「なんでもいいんだ。勘太のことで、何か知っていたら、教えてくれないか」

傍にいた下の子が、十歳ぐらいの子の袖《そで》を引っ張った。

意を決したような顔を、男の子が向けた。

「勘太兄ちゃんが紙屑《かみくず》買いのおじさんと話しているのを見たんだ」

「紙屑買い？　籠《かご》を背負っていたのか」

「うん。大きな籠」

「それから、どうした？」

「わからない。先に帰って来たから」

「そのまま、勘太は帰って来なかったんだね」

「うん」

男の子は頷いてから、

「母ちゃんが、よけいなことを話しちゃだめだと言うから」

と、今まで黙っていたわけを、問われないのに説明した。おそらく、黙っていることが、子どもながらに心苦しかったのであろう。

あの女房は、勘太がいなくなってほっとしているのに違いない。勘太は、亭主のほうの親戚なのだ。

「わかった。ありがとうよ」

ふたりの子は重荷がとれたように、ほっとしたような顔をした。

紙屑買いの男。ひょっとしたら、その籠の中に、子どもを押し込めて連れ去ったのかもしれない。かどわかしの一味は日頃、皆が見慣れた恰好、つまり、そこにいても怪しまれない恰好で子どもに近づいたのだ。

その夜、夕餉《ゆうげ》を済ませたあと、部屋に引きこもった。

剣一郎の思い悩む顔に気を使ったのか、妻の多恵《たえ》と娘のるいは部屋にやってこなかった。それは有り難《あがた》かった。

手焙《てあぶ》りに手をかざして、かどわかしの犯人のことを考えた。紙屑買いの男が籠に子どもを入れて連れて行ったとすると、かなり力のある男だ。そういえば、あの乞食も大柄だった。

飴売りの男に紙屑買いの男。だんだん、犯人の姿が見えて来たような気がした。そして、かどわかしの目的は身代金ではなく、また子どもを殺すためでもない。人買いに売り払うためであろう。

いったい、何者が子どもを買おうとしているのか。

襖《ふすま》の外で、多恵の声がした。

「文七さんが参りました」

「ここに通してもらおう」

剣一郎は逸《はや》る気持ちで言った。

「お庭のほうにまわっています。上がるのは恐れ多いからと」

「妙に律儀《りちぎ》な奴だ」

苦笑して、剣一郎は立ち上がった。

廊下に出た。ひんやりした空気が全身を包んだ。

庭のくらがりに、文七が控えていた。

「文七、寒かろう。部屋に上がらぬか」

剣一郎は片膝《かたひざ》をついて声をかけた。

「いえ。だいじょうぶでございます。それに、すぐに引き上げますので」

文七は言い、

「失礼します」

と、廊下の傍《そば》まで近寄った。

「あのあと、聞き込みを続けたところ、きのうの夜、紙漉《す》き職人が吉原の素見《ひやかし》の帰り、日本堤から山谷町へ向かう途中で三人の男とすれ違ったとのことでした」

「三人とな」

「はい。中のひとりは、乞食のような身形《みなり》だったと」

「それだ」

剣一郎は覚えず声が高くなった。

「その連中に間違いあるまい。どうやら、隠れ家を引き払ったようだな」

ますます、きのうの男のことを怪しいと思った。

「はい。三人ということからして、そのひとりの住まいがあの界隈にあったのに違いありません。夕方、大下半三郎さまにお会いしましたが、浅草山谷町にもそれらしき男が訪れた家はなかったようです。明日も引き続き、元吉町を調べてみます」

「うむ。頼む。仮に、住まいを引き払ったとしても、住んでいた者の名や人相が聞き出せる。頼んだぞ」

「はい」

すすっと後退し、文七は踵を返して闇の中に消えて行った。

剣一郎はしばらく廊下に佇《たたず》んでいた。夜風に当たって冷えた体が、ふと北国を思い起こさせたのだ。

北国は雪だろうか。倅《せがれ》の剣之助《けんのすけ》が酒田《さかた》に旅立って半年以上は経つのだ。北国で正月を迎える剣之助と、その駆け落ちの相手志乃《しの》のことを案じた。

「お寒くはありませんか」

多恵がやって来た。

「いや」

北国の寒さとは比べものにならないだろうと言おうとして、剣一郎は言葉を呑んだ。剣之助のことを考えていたことを知られたくなかったのだ。

「るいはどうした？」

「部屋で文を認《したた》めておりました」

「文を？」

まさか、恋文ではと、剣一郎は微《かす》かに動揺した。

るいは、今度の正月で十五歳になるのだ。

多恵が嫁に来たのは幾《いく》つのときだったろうかと、剣一郎は考え、るいがいつしか嫁《とつ》いで行くことを想像し、覚えず声を上げた。

「どうかなさいましたか」

はっとして、剣一郎は、

「何がだ」

と、きき返した。

うふっと、多恵は笑っただけだった。

再び、部屋に閉じこもった。もう、剣一郎の頭の中には、剣之助のこともるいのこともなかった。

紙漉き職人が見かけたという三人連れが、かどわかしの実行犯の可能性は高い。しかし、不思議に思っていたことがある。

なぜ、尾行に気づかれたのか。半助を先に行かせ、剣一郎はその後ろからついて行ったのだ。

用心深く、仲間がどこかで見張っていたとしか考えられない。だが、なぜそれほど用心深かったのか。

まるで、つけられていることを予想でもしていたかのような動きだ。剣一郎は、いまだに犯人の輪郭《りんかく》がはっきり浮かばなかった。

五

十九日。朝からよく晴れていたが、風が冷たかった。

沢市は旅籠に帰って来た。出発する泊まり客と土間で入れ違う。

昨夜も、お久のもとに行ったのだ。二日続けての朝帰りだ。

「お帰りなさいまし」

女中が含《ふく》み笑いをして迎えた。

「毎晩、精が出ますねえ」

女中のからかうような声に、沢市はいやな顔をして、そそくさと梯子段を上がり、自分の部屋に入った。

いつものように、今の女中が酒を持って来た。

「あとは自分でやるからいいよ」

さすがに、決まりが悪く、目をそむけて言う。

「はい。お願いいたします」

女中が部屋を出て行ったあと、沢市は顔をしかめ、酒を呑み始めた。

お久のことを思いながら酒を呑んでいたが、ふいにあの男の顔が過《よぎ》った。一昨日、初めて見たのだが、その男はきのうも来ていた。

ただ、泊まることはなかった。一刻（二時間）ほどで引き上げる。だが、その男の元から帰って来たときのお久の様子がいつも変なのだ。

廊下の暗がりでちょっと見ただけだが、遊び人ふうの苦み走った顔つきの男だった。あの男が来ると、お久のやさしい言葉も切なそうな吐息にも、どこかしらじらしいものを感じてしまうのだ。

ちくしょうと、酒を呷《あお》った。

銚子《ちょうし》を二本、瞬《また》く間に空にして、着替えもせずに、そのまま寝床にもぐり込んだ。

障子《しょうじ》から陽光が射《さ》し込んでいる。

急激に酔いがまわって、すぐに寝入り、尿意を催して目覚めたとき、部屋の中は薄暗くなっていたが、外はまだ明るかった。

厠に立ったあと、沢市は夕飯まで時間があるので、散歩に出た。さすがに、今夜は『蓬莱家』に足を向けるつもりはなかった。

ぶらぶら歩いて、毘沙門天に行く。屋台が出ていて、たいそうな賑わいだ。

注連縄《しめなわ》など正月用品も売っている。毘沙門さまにお参りをしてから、門を出ようとしたとき、ふと目の前を横切った男がいた。

苦み走った顔の遊び人ふうの男だ。襖の隙間から覗いたお久の客に似ていた。いや、間違いない。あの男だ。

無意識のうちに、沢市はあとをつけていた。縁日のような賑わいの中に、その男が見え隠れする。

あとをつけながら、迷った。なまじ正体を知らないほうがいいのかもしれない。お久の客のことなど、関係ないのだ。

そう思いながら、踏ん切りがつかず、あとをつけて行くと、男は牛込通寺町《うしごめどおりてらまち》に入って行った。

そして、小店の並ぶ中に、『宝屋《たからや》』という古道具屋があった。男はその古道具屋に向かった。

買物かと思ったが、なかなか出て来ない。

客の振りをして、沢市はその店に近づいた。

店先には、やかんや壺《つぼ》が並べられているが、金銀の蒔絵《まきえ》の器などの高価なものも無造作《むぞうさ》に並んでいる。それらの高価なものは、武士の家から出たもののようだ。

この辺りは武家地が多い。暮らしに窮《きゅう》した武士が先祖伝来の品を売っているのだろうか。そんなことを考えながら、店の中の様子を窺う。

店番の女が顔を向けている。

さっきの男は部屋に上がったようだ。すると、この家の者か。

店番の女に訊ねるのは憚《はばか》られた。男に筒抜《つつぬ》けになる。

品物を眺めただけで、沢市は店を出た。

隣にある薬屋に入った。薬袋がたくさん吊《つ》るしてある。頭髪の薄い亭主が小難《むずか》しい顔をして店番をしていた。

「精のつく薬はあるかね」

「地黄丸《じおうがん》ですな」

亭主が無愛想に言う。

「じゃあ、それをもらいましょうか」

買うとなると、急に亭主の顔つきが変わった。

「隣の『宝屋』さんにいる苦み走った男のひとはなんと言いましたっけ」

財布を出しながら、沢市はさりげなくきいた。

「多吉さんのことかな」

「そうそう、多吉さんだ。多吉さんは、『宝屋』さんとはどういう関係なんですね」

「二階に居候《いそうろう》しているんですよ。老夫婦だけで住んでいるので、物騒だからといって、まあ、用心棒代わりってところでしょう」

薬袋を受け取り、沢市は外に出た。

多吉というのかと、沢市は袋を懐《ふところ》にしまって宿に戻った。

その夜、多吉という男とお久が夢に出て来た。自分が傍にいるのに、ふたりでいちゃついていた。

目が覚めてからなかなか寝つけなかった。こんなに切ない思いをしたのは初めてだった。俺はお久に本気で惚れてしまったのかと、ふと故郷にいる妻のことを思い出した。

翌朝、雀《すずめ》の囀《さえず》りで目を覚ました。

きょうもいい天気になりそうだ。

きょうは二十日だ。まだ、磯七がやって来るのに日にちがある。今年は早く故郷を出て来たので、親父や妻は怪訝《けげん》そうな顔をしていた。

じつは、才蔵役の磯七という男と早めに会って稽古をみっちりしようという約束になっているという言い訳をしたのだ。

岡場所の女に会いたいためだと知ったら、妻は怒りから卒倒《そっとう》しかねない。そんな後ろめたさも、お久のことを考えると、頭から吹き飛んでしまう。

ことに、今は多吉のことがあるので、気はくさくさしており、故郷のことを思い出しても、長続きはしない。

夕方になって、沢市は女中のいたずらっぽい目に見送られて、宿を出た。

いつもの場所で駕籠から下り、『蓬莱家』に向かった。もう、軒提灯《のきぢょうちん》に明かりが灯っていた。

土間に、女たちが待っていた。その中に、お久がいた。ということは、まだ、多吉は来ていないようだった。

「お帰りなさい」

お久が近寄ってきた。

沢市は不機嫌そうに黙っていたので、お久が不審そうな顔をした。

お久に手をとられて二階に上がった。

「太夫。なんだか、きょうは怖い顔をしています。何かあったのですか」

お久が背中から浴衣と丹前をかけながらきいた。

「いや、なんでもないよ」

沢市はしいて笑顔を作った。

「今夜も泊まっていただけるのですか」

お久は遠慮がちにきく。

沢市は岡場所などで遊んだ経験が少ないので、他の娼妓がどのように客に接するのかはよくわからない。

だが、お久はどんな娼妓よりも真心がこもっているように思える。決して、下卑《げび》たり、客をたらしこもうとはしない。

そんなお久がいとおしくなった。

「もちろん、そうさせてもらうよ」

「うれしい」

お久の笑顔がたまらなかった。それまでの、嫉妬に狂ったとげとげしい気持ちが急に和《なご》んだ。

それから、いつものように酒になって、少しいい気持ちになったところに、部屋の外で声がした。

たちまち、沢市の夢見心地の気分が壊された。

すみませんと目顔で言い、お久が部屋を出た。遣《や》り手婆《てばば》が何事か囁《ささや》いている。

お久がすぐに部屋に戻って来た。

酌を始めたが、お久の表情に翳《かげ》りが見えた。

「どうした、また心がここにあらずだ」

沢市は少し怒ったようにきいた。

はっとしたように、お久は居ずまいを正した。

「あの男だな」

「あの男？」

お久が訝《いぶか》るような顔をした。

「二十五、六の細面の男だ。この前、あの男が来てから、おまえの様子がおかしい。ひょっとしたら、間夫《まぶ》ではないのか」

「違います」

否定する声が弱々しい。

「隠しても無駄だ。名は多吉」

「えっ、どうしてそれを」

お久の顔から血の気が引くのがわかった。

沢市は徳利を摑み、器に空けた。

襟元に手を当てたまま、お久は俯いている。

「やはり、そうなのか」

酒を一気に呑み干してから、沢市はため息交じりに、絶望的な声を発した。

「多吉とは長いのか」

沢市は言ってから、

「いや、おまえのことを詮索する真似はしたくないが、あの男に苦しめられているような気がしてな」

「多吉さんは……」

お久は言いさした。

「どうした、あの男が何だ？」

沢市はいらだって言う。

「私は、その多吉におまえさんが苦しめられているのではないかと心配しているのだ」

お久は哀《かな》しげな目を向けた。

「多吉さんは、以前、奉公人だったひとなのです」

「奉公人？」

お久は商家の人間ではない。

「お久さんは、武家の……」

いやいやをするように、お久は辛そうに首を横に振った。

やはり、お久は武家の妻女だったのだ。苦しげなお久の姿に、沢市はそれまでのいきり立った気持ちを鎮《しず》め、

「いろいろ事情があるのだろう」

と、しんみりと言った。

「何か、私に出来ることはないか」

沢市はやさしい声音できいた。

「ありがとうございます。でも、どうしようもないのです」

「どうしようもないとは？　つまるところお金だな」

お久から返事はなかった。

「そうか、お金の無心をされているのか」

お金のことでは、沢市とてどうしようもない。行き詰まった思いで、黙っていると、お久が言った。

「逆です」

「逆？」

「ごめんなさい。つまらないことに関わらせて。さあ、呑み直しましょう」

「あの男と手を切れないのか」

沢市はお久の肩を摑んだ。

小さな肩だ。ぐっと強く握《にぎ》れば潰れてしまいそうだ。お久の表情に苦悩の色が滲《にじ》んでいた。

どんな事情があるのかと、沢市は胸が潰れそうになった。

六

翌二十一日の早朝。

剣一郎はいつもより早い時間に奉行所へ出仕した。きのうから、胸騒ぎがしていたのだ。前回のかどわかしから十日以上経ち、また、あの飴売りの男を交えた三人の男が消えてから三日ほど経っている。

奉行所に着き、脇門から入ると、定町廻り同心の大下半三郎が同心詰所から飛び出してきた。

「青柳さま」

血相を変えている。

「何かあったのか」

「はい。車坂町《くるまざかちょう》の安兵衛店《やすべえだな》に住む長吉《ちょうきち》って十二歳の子がゆうべから姿が見えないそうです。まだ、例のかどわかしかどうかはわかりませんが、これから向かいます」

「よし。私も後から行く」

玄関から上がり、与力詰所に行くと、見習いの坂本時次郎《さかもとときじろう》がやって来て、年番方与力の宇野清左衛門《うのせいざえもん》さまがお呼びでございますと告げた。

剣之助の親友である時次郎は、剣之助の様子をききたそうな素振りをするが、剣一郎も剣之助のことはまったく知らないのだ。

「時次郎。いつまでも、剣之助のよき友でいてくれ」

「もちろんでございます」

時次郎ははっきりとした口調で答えた。

剣之助が酒田に行って、時次郎も寂しそうだった。

剣一郎が年番方の部屋を訪れると、宇野清左衛門は、すぐに近くに寄るように言った。

与力の最古参である宇野清左衛門は、昔から剣一郎を買っていて、何かと頼りにしてくれるのだ。

差し向かいになってから、宇野清左衛門は威厳に満ちた顔に苦渋の色を滲ませ、

「青柳どの。また、きのう子どもが姿を消したそうだ」

「さっき聞きました」

「まだ、しかとわからぬが、一連のかどわかしの犠牲《ぎせい》になったことは間違いなかろう。これで、五人だ」

剣一郎は歯噛《はが》みをした。

「青柳どの。これからは、この件にかかりきってもらいたい」

宇野清左衛門が剣一郎の手をとるように言った。

「かしこまりました」

「これ以上の犠牲者を出さぬように、しかと頼んだ」

そこに、ずかずかと長谷川四郎兵衛《はせがわしろべえ》がやって来た。

「これは長谷川どの」

宇野清左衛門が微《かす》かに眉を寄せた。

「青柳どの。また、かどわかしがあったそうな。いったい、ここの連中は何をしておるのか」

長谷川四郎兵衛はかりかりしていた。

「お奉行も、あまりの情けなさに呆《あき》れ返られておる」

長谷川四郎兵衛は内与力である。

内与力はお奉行が連れて来た家来だから、お奉行が退任すれば、いっしょに奉行所からいなくなる人間だが、お奉行の威《い》を借りて、奉行所内で尊大に振る舞っている。

「よいか。北町に遅れをとるではない。よいな」

我らは名誉のために悪と闘っているのではない、江戸の人々の暮らしを守るために汗をかいているのだと、長谷川四郎兵衛に言ってやりたいが、それを言っても無駄だろう。

「青柳どの。わかったのか」

「わかりました」

剣一郎が一礼した間に、長谷川四郎兵衛はさっさと部屋を出て行ってしまった。

「困った御方だ」

宇野清左衛門が露骨《ろこつ》に顔をしかめた。

「長谷川さまのいらだちも無理はありませぬ。一刻も早く、事件を解決させます」

剣一郎は自分自身に言い聞かせるように言った。

いったん与力詰所に戻ってから、着流しに巻羽織で、小者の半助だけを連れて、剣一郎は奉行所を出た。

日本橋から神田、筋違橋《すじかいばし》を渡り、下谷広小路から山下《やました》を過ぎて、車坂町にやって来た。

安兵衛店の木戸を潜り、長屋の路地に入って行くと、岡っ引きが剣一郎に気づいて、会釈をした。

「ごくろうさまです。こっちです」

岡っ引きはとっつきの家の腰高障子を開けた。

消えたのは、長吉という十二歳の男の子だ。十五歳になる姉のおきみとふたり暮らしだという。

土間に入ると、大家らしい男が上がり框《かまち》に腰を下ろし、部屋に長屋の住人の女房らしい女が上がって、小柄な娘をなぐさめていた。その娘が姉のおきみであろう。

「青柳さま」

大家が剣一郎に気づいてあわてて立ち上がった。女房も会釈をした。

おきみも剣一郎に頭を下げた。

「おきみ。心配であろうが、気をしっかり持つのだ。必ず、長吉は戻って来る」

剣一郎はおきみを勇気づけた。

「お願いいたします」

おきみは涙声で訴えた。

「いなくなったときのことを話してくれないか」

「はい」

と、おきみは語り出した。

おきみは同じ町内にある居酒屋で働いている。

ふたりの二親は行方《ゆくえ》知れずで、周囲の温かい目に支えられてきた。長吉は近くの寺で薪《まき》割りや掃除の仕事をしていた。

ゆうべ、おきみが仕事を終えて、長屋に帰ったのは夜の五つ（午後八時）過ぎ。いつもは家に帰っているはずの長吉がいないので、長吉が雑用をしている寺に行ってみた。

すると、とうに帰ったと、住職が言ったのだ。

それから大騒ぎになって、夜通し長屋の者などが探し回ったが、行方は摑めなかった。

「この付近で、最近、金太郎飴売りの男を見かけなかったか」

剣一郎は誰ともなしにきいた。

「そういえば、ちょっといい男の飴売りが路地に入って来ましたよ」

女房が思い出して言う。

「いくつぐらいか」

「二十五、六ってとこでした」

「その男の背格好は？」

「痩せていました。そうそう、立派な耳たぶをしていました」

あの男に違いないような気がした。

「紙屑買いはどうだ？」

すると、今度は大家が、

「そういえば、きのうの夜、紙屑買いを見かけました。夜にやってくるなんて、珍しいことがあるものだと思いました」

と、話した。

「青柳さま。やはり、今流行《はや》りのかどわかしでしょうか」

大家が不安そうにきく。

「間違いないだろう」

いきなり、おきみが突《つ》っ伏《ぷ》して泣き出した。

「おきみ。心配いたすな。幸いなことに、犯人は命までとろうとはしていないはずだ。必ず、助け出す」

「お願いします。あの子は甘ったれで、私がいないと夜も眠れないのです。早く、長吉を助け出してください」

おきみは懸命に訴えた。

長屋の路地から通りに出ると、ちょうど大下半三郎が走って来た。剣一郎がやって来たという知らせを受けて、飛んで来たようだ。

「青柳さま。新寺町の前で、きのう六つ半（午後七時）頃、田原町のほうへ向かう紙屑買いの男が目撃されていました。大柄な男だったそうです」

「それだ」

剣一郎は声を張り上げた。

「その籠の中に子どもを隠していたに違いない。その紙屑買いの男を、手分けして追うのだ。きっと目撃者がいるはずだ」

「畏《かしこ》まりました」

大下半三郎が去って行ったあと、ふと見ると、向かいの乾物屋の横に、小間物の荷を背負った文七が立っていた。

剣一郎が傍に行くと、文七も近寄って来て、

「また、かどわかしがあったようですね」

と、悔しそうに呟《つぶや》いた。

「どうして、ここに」

「青柳さまを訪ねたら、こちらだと伺いまして」

「何かわかったのか」

「はい。元吉町の貸家に、清五郎という若い男が住んでおりました。この清五郎のところに、飴売りによく似た人相の男と大柄な男が出入りしていたようです。その清五郎、この前の夜から、その家に帰っていません」

「清五郎とはどんな男だ？」

「二十五、六歳の小柄な男です。尖《とが》った顎《あご》の先に小さな黒子《ほくろ》があるそうです」

「よし、とりあえず、その貸家を調べてみよう。案内してくれ」

「はい」

文七が荷を背負ったまま、歩き出した。

箕輪方面に向かった。入谷田圃も凍《い》てついている。箕輪の手前、金杉上町《かなすぎかみまち》の角を曲がり、剣一郎と文七は下谷龍泉寺町を過ぎて吉原の脇から日本堤に出た。すぐそばに見返り柳が見えて、その手前に衣紋坂がある。

吉原は昼見世の時間帯であり、衣紋坂を下って行く遊客の姿が目についた。剣一郎は衣紋坂と反対の元吉町への坂を下った。

元吉町に入り、田圃を背にした所にある一軒家の前にやって来た。一軒家といっても、小さな家だ。

文七が大家を呼んで来た。

「ここに住んでいた清五郎はまだ帰って来ていないのだな」

「はい。家賃は前払いでいただいておりましたので、いつか帰って来るのではと思っておりましたが」

「すまぬ。中を見させてもらう」

「はい。どうぞ」

剣一郎は中に入った。男物の着物が壁にかかっていた。器も流しに出しっぱなしで、あわてて引き払ったという印象だった。

「清五郎は、いつから住んでいたのだ?」

「四ヵ月ほど前です」

「最近だな。身元は?」

「それが、家賃の半年分を前払いするというので、そのままお貸しした次第で」

「どんな仕事をしていたのかわからないのだな」

「はい。ときたま、ふたりの男がやって来ていました」

特徴をきくと、飴売りの男に似ていた。

「あとで、もう一度、家の中を調べさせてもらう」

大下半三郎に細かく調べさせようと、剣一郎が家の外に出て、再び、通りに出たとき、その大下半三郎が走って来るところだった。

「どうしたのだ？」

剣一郎は行く手に立ちふさがってきいた。

「あっ、青柳さま。小塚原で、死体が発見されたと知らせて来ました。殺しです」

「なに。よし、私も行く」

まさか、逃げた三人と関係があるかどうかわからないが、剣一郎も小塚原に急いだ。

仕置場を過ぎた辺りで、人だかりがしていた。その輪の中に、大下半三郎が入って行った。

剣一郎もあとに続く。

大下半三郎が死体の顔を見た。そして、剣一郎のほうに向かい、

「どうぞ」

と、場所を空けた。

剣一郎は死体を見た。匕首《あいくち》で心《しん》の臓《ぞう》を刺されていた。歳の頃は四十前、いや三十半ばぐらいか。小肥りの男だ。

おやっと思った。一瞬、どこぞで見かけたような顔だと思ったが、はっきり思い出せない。しばらくすると、やはり気のせいだと思いはじめた。

「殺されて、そう時間が経っていないな」

まだ、血が乾いていない。ということは、この真っ昼間に襲われたということになる。

大下半三郎が岡っ引きを呼んだ。

「見つけたのは？」

「犬が騒ぐので、近くの百姓が様子を見に来たそうです」

岡っ引きが答える。

「身元は？」

「わかりません。財布や荷物も盗《と》られたのか、ないんです。身形からして旅人のようですが」

江戸から出て行くところか、江戸に入って来たのか。江戸に入って来た者だとすると、奥州道からか水戸道からか。

「千住宿、その先の宿場を通ったかどうか調べてみることだ」

剣一郎は言った。

剣一郎が道に戻ると、小間物屋の恰好をした文七が待っていた。

「どうやら、かどわかしとは無関係のようだ。年の瀬を控え、厄介《やっかい》な事件にならなければよいのだが」

剣一郎はようやく傾きはじめた陽の光を扇子《せんす》で遮《さえぎ》りながら、死体の見つかった辺りに目をやった。


その後、かどわかし事件は何の進展もないまま、また、小塚原の殺しも何の手掛かりも得られないまま、十二月二十五日になり、奉行所の御用納めを迎えた。

この日は、上役や同僚に挨拶をして廻り、また上役は酒肴《しゅこう》でもてなしたりし、一年の労をねぎらうのだが、剣一郎は一切の廻礼を断った。

事件が解決しない限り、一年の締めくくりなど出来ない。

翌日から、奉行所の執務は休みになるが、剣一郎をはじめ、定町廻り同心には休みなどなかった。

なんとしてでも、子どもたちを無事に助け出さねばならぬ。その思いだけが、剣一郎の胸を占めていた。

七

二十七日の七つ下がり（夕方四時過ぎ）、沢市太夫は牛込通寺町から神楽坂の『野田屋』まで帰って来た。

お久の間夫とも思える多吉の住まいまで行って来たのだ。思い切って、多吉と対決しようかという強い気持ちがあったわけではなく、なんとなく多吉の住まいの前まで行ったのだ。しかし、結局、何も出来ないまま、引き上げて来た。

お久の素性《すじょう》が、やはり武家の妻女だったらしいと知り、多吉に会えば、お久の詳しいことや、多吉との仲を知ることが出来る。そういう思いもあったが、そこまで踏み切る勇気はなかったのだ。

ただ、お久に対しては、ますます思いが募《つの》っている。いや、お久のためになんとかしてあげたいと思うのだ。

宿の土間に入ると、同業の三河万歳の丸吉《まるよし》太夫をはじめ、数人の太夫たちが到着していた。

明日は二十八日だ。才蔵市である。そろそろと太夫たちが江戸に到着しているのだ。

「これは、皆さん、お揃いで」

沢市は顔馴染みの太夫たちに声をかけた。

「おう、沢市さんか。おまえさんは一足先に来なすったんですな」

年嵩《としかさ》の丸吉太夫がにこやかに言う。

「はい。ちょっと用がありまして」

沢市は言葉を濁して挨拶をし、

「磯七さんはまだ来ないか」

と、女中にきいた。

三年前の才蔵市で、見つけた男である。息が合うので、演じやすい。それに、人間も実直で、信頼出来る男だった。

「いえ、まだでございます」

「そうか」

今年の二月に別れるとき、沢市が半ばまでには江戸に来ると言うと、私も二十日頃に故郷を発つと、磯七は言っていた。ならば、とうに来ていなければならないのだが、やはり早く出て来ることは出来なかったのであろう。

いくら農閑期《のうかんき》とはいえ、正月を迎えるに当たり、家族のためにいろいろやってこなければならないことも多いはずだ。

しかし、もう来てもいいはずだ。明日になるのか。

そんなことを思いながら、沢市は赤坂田町のお久の元に出かける支度をした。

翌二十八日の朝、赤坂田町から『野田屋』に駕籠で帰って来た。

きょうは日本橋南詰の四日市町で才蔵市が開かれる。才蔵役の決まっていない太夫は、そこで相方を見つけるのだ。

沢市がのんびりしているのは、才蔵が決まっているからだ。

どんなに遅くとも、きょうまでには顔を出すはずだが、どういうわけかまだ到着しない。

沢市はきょうは宿から一歩も出ず、磯七を待った。階下に客の声がすると、部屋を飛び出し、梯子段の途中まで何度下りて行ったことか。

そのたびに、がっかりして戻って来る。そんなことを繰り返していた。

夜になって、相方の才蔵を見つけた太夫たちが宿に引き上げて来て賑やかになった。そんな中で、沢市ひとりが蚊帳《かや》の外にいた。

（まさか、急病で来られなくなったのでは）

沢市は不安に襲われた。

「磯七さんはどうなすったんでしょうね」

宿の亭主も気を揉《も》んでいる。

「きっと、明日に延びたのでしょう。磯七さんのことです。必ず、いらっしゃいます」

亭主になぐさめられたが、沢市の心は鎮まらなかった。

翌日の昼過ぎ。窓から通りを眺めていると、道行くひとの群れの中に、菅笠《すげがさ》をかぶった旅人がやって来るのが見えた。

沢市は手すりから身を乗り出して、近づいて来る旅人に目をやった。

この宿の玄関を入ったので、沢市は部屋を飛び出した。磯七かもしれないと、気が急《せ》いた。

だが、梯子段の途中で、沢市は足を止めた。

土間に立った旅人は、三十前後の引き締まった体つきののっぺりした顔の男で、磯七とは似ても似つかなかった。

男が女中に声をかけた。

「こちらに沢市太夫さんはいらっしゃいますか」

落胆して戻りかけた沢市は、その声で足を止めた。

「はい。おられます」

女中が答えると、

「私は下総古河から参りました頓兵衛《とんべえ》と申します。沢市太夫に……」

古河と聞いて、沢市は梯子段を下りた。

「沢市は私だが」

声をかけると、男は細い目を向けて、

「ああ、よかった。私は磯七さんの知り合いで頓兵衛と申します」

と、もう一度名乗った。

「磯七さんに何かおありか」

「はい。じつは急病で来られなくなりました。それで、突然のことですが、私が代わりにやって参りました」

「なんと、磯七さんが急病とな。あっ、こんなところでは。さあ、上がりなさい」

女中が持って来た濯ぎを使い、頓兵衛は部屋にやって来た。

向かい合うなり、沢市はきいた。

「磯七さんの病気は重いのですか。江戸にはやって来られないのですか」

これからのことを考えて、沢市は不安に襲われた。才蔵がいなければ、出入りのお屋敷の門も潜れない。

「はい。出掛けに急に高熱を発し、二日ほど様子を見たのですが、次第に悪くなるばかり。枕元に私を招いて、こういうわけだから、ぜひ自分の代わりに沢市太夫の才蔵をやってくれないかと言われ、あわてて江戸にやって来ました」

「おまえさんに代わりを？」

「はい。そう頼まれました」

「そうですか。約束の日にも来ないので、どうしたのかと思っていましたが……」

沢市は吐息を漏《も》らしたあとできいた。

「で、何か磯七さんからの添え状のようなものは？」

「さっきも申し上げましたように、急に容体が悪化したため、手紙を認《したた》めることも出来ず、そのことをくれぐれもお詫びをしてくれと言われました」

それほど急だったのだろうか。

「頓兵衛さんと仰《おつしや》いましたね。おまえさん、才蔵の経験は？」

危ぶむような目で、沢市は頓兵衛を見た。

「何度か、江戸に出て来て、才蔵をやらせていただいたことがございます」

「そうですか」

その力量を見てみたいと思ったが、着いたばかりではつらかろうと、思い止まった。

「まあ、ともかく今夜はゆっくりしてください。明日から、稽古に入りましょう」

明日は三十日。稽古する時間は一日しかなかった。今から、新たな才蔵を見つけるわけにはいかない。

頓兵衛には別に部屋をとらせたあと、まずは一安心したので、そそくさと沢市は外出の支度をした。

「太夫、またお出かけですか」

女中がにやにやしてきく。

その声を無視して、沢市は宿を出た。

神楽坂から赤坂田町まで駕籠に乗った。ふと、白いものがちらほら舞い出していた。冷えると思っていたら、雪が降りはじめたのだ。

掛け取りの商家の番頭らしい男が寒そうに肩を竦《すく》めて忙しそうに歩いて行った。

第二章　才蔵《さいぞう》の目的

一

元日の朝、剣一郎は暁七つ（午前四時）前に、熨斗目《のしめ》麻裃《あさがみしも》にて、若党、槍持《やりもち》、草履《ぞうり》取り、鋏箱《はさみばこ》持ちを従え、組屋敷を出た。

辺りは真っ暗だが、各々《おのおの》の組屋敷には明かりが見える。年賀の礼のために、皆奉行所に出向くのだ。

箱提灯の明かりがぼんやり足元を照らしている。だが、剣一郎の足取りは重かった。かどわかし事件を年内に解決するどころか、ついに、手掛かりさえも摑めなかった。

奉行所には続々と与力、同心がやって来ていた。

一の間から三の間までの座敷に、与力が集まる。登城前のお奉行に新年の祝いを述べる儀式があるのだ。

両側に与力が並び、お奉行が着席すると、与力筆頭の宇野清左衛門が年頭の御祝辞を申し述べ、それに対してお奉行から熨斗を拝領する。

それから、剣一郎は奉行所の長屋に住む公用人《こうようにん》、目安方《めやすかた》の挨拶に廻って、早々と帰宅した。

屋敷の門前に松と竹が飾られている。

妻女の多恵は打掛、娘のるいも礼装で、剣一郎を迎えた。去年までは、麻裃に着替えた剣之助がいたのだが、今年はその姿はない。

三人で、祝膳につき、雑煮《ぞうに》を食べ、形ばかりに屠蘇《とそ》を呑んだ。

奉公人たちの新年の挨拶を受けたあと、剣一郎は着流しに編笠をかぶって外に出た。

かどわかされた子どもたちのことを考えたら、のんびり正月を祝っていることなど出来なかった。

獅子舞《ししまい》や門付け万歳、それに鳥追《とりおい》などとすれ違い、剣一郎は浅草山谷町から元吉町に入り、飴売りの男が立ち寄ったと思われる清五郎という男の住まいのあった場所にやって来た。

そこから吉原のほうに足を向けた。あの夜、三人の男はこの道をどこかへ向かったのだ。日本堤に出てから、どっちに足を向けたか。

東に行けば山谷の船宿があるほう、西に行けば箕輪のほう。おそらく、西に向かったものと思える。

もし、山川町や聖天町、あるいは今戸のほうだとしたら、引き返すことになるからだ。逃げるという気持ちであれば、この一帯から遠ざかるという意味でも西に向かったと考えるべきだ。

衣紋坂を下れば、吉原大門への道。その前を西に向かうと、すぐに箕輪への道と下谷龍泉寺町から金杉に向かう道との分かれ道になる。

三人がどっちへ向かったのか。

今まで、下谷龍泉寺町への道と見当をつけて探していたが、ひょっとしたら、箕輪方面に向かったのかもしれないと思い、きょうはそっちの道に足先を向けた。

空に凧《たこ》が舞っている。だが、凧を上げる子どもたちの傍には、親が寄り添っているに違いない。

箕輪町にやって来たとき、手拭いを吉原被りに、紺の股引《ももひ》きに茶の格子縞の着物を尻端折りした男が歩いていた。宝船売りの男だが、剣一郎はその男の顔を見て驚いた。

近づいて声をかける。

「文七ではないか」

「あっ、青柳さま」

文七が腰を折った。

「何をしているのだ？」

「はい。三人組の逃げた先がこっちのほうだったかもしれないと思い、こういう恰好で、町内を歩き回っていました」

「そうか。苦労かけるな」

「いいえ、とんでもありませぬ。なんとしてでも、子どもたちを助け出してやりたいと思っております」

「そうだ。正月も祝えず、どこぞに閉じ込められているのであろうな」

剣一郎はやりきれないように呟《つぶや》く。

その日、剣一郎は文七とふたりでその近辺を聞き回ったが、手掛かりは摑めなかった。

翌二日。この日は初荷で、町家でも年始の挨拶に繰り出す者が多い。剣一郎の屋敷に、まっさきに橋尾左門《はしおさもん》がやって来た。

竹馬《ちくば》の友であり、年始の堅苦《かたくる》しい挨拶はそこそこに、裾模様紋付《もんつ》きの装いの多恵とるいが酒膳を運んで来た。

「いや、多恵どのは相変わらずお美しい。これはまたるいどのの美しさはどうだ」

「まあ、相変わらずですこと」

るいが詰《なじ》るように言う。

「いや。決してお世辞ではござらぬ」

懸命に、左門は訴える。

数の子、煮豆、牛蒡《ごぼう》などに、左門は舌鼓《したつづみ》を打つ。

きょうは左門のところにも来客があるので、長居をせずに左門が引き上げたあと、同心の大下半三郎が年頭の挨拶にやって来た。

挨拶をしてから、半三郎が声を落として悔《くや》しそうに言った。

「子どもの行方がいまだに摑めず、無念です」

まったく手掛かりを摑めないまま年を越したことに、半三郎も忸怩《じくじ》たる思いを持っているようだ。

「早く、助け出し、雑煮を食べさせてやりたい」

殺されたとは思えない。それなら、死体が見つかるはずだ。それがないのは、どこかに閉じ込められているからに違いない。

「飴売り屋め。どこに消えたか」

半三郎が悔しそうに言う。

「きのうは箕輪のほうを調べてみた。あの辺りを重点的に調べてみてもいいかもしれぬ」

「わかりました。さっそく手配します」

「うむ」

頷いたあとで、

「それはそうと、小塚原で見つかった仏の身元はわからないようだな」

と、剣一郎は話題を移した。

「はい。江戸の人間ではないようです。行方不明の訴えもありませぬ。江戸の誰かを頼ってやって来たのなら、その者から届け出があっていいようなものですが、それもありませぬ」

十日ほど経ったが、身元がわからない。よその国からやって来た者だとしても、半三郎が言うように、江戸の知り合いを訪ねて来たのだとしたら、そっちのほうから何か訴えがあってもよいのだ。

「何の目的で、江戸に来たのかですね」

「さあ、遠慮せず」

剣一郎は酒を勧めてから、

「飴売りを見失ったのと、その殺しがあったのが、同じ時期ということが気になるのだが、おそらく両者は関係あるまい。二つの事件を抱えることになるが、頼んだ」

剣一郎は半三郎をいたわるように言った。

「はい。必ずや、近いうちによいご報告を差し上げられるようにいたします」

「頼んだ。なんとしてでも、かどわかされた子どもを助けなければならぬ」

剣一郎は自分自身にも言い聞かせるように言ったが、

「正月早々、こんな話をしなければならぬとは……」

と、忸怩たる思いにかられた。


四日、まだ、新年の行事は続くが、剣一郎は編笠をかぶって町に出た。

商家の前には門松が飾られ、屋根屋根の上に、舞い上がる凧が見える。

町内の子どもたちは新しい着物に下駄《げた》草履で、男の子は凧を上げ、女の子は羽根突き。往来は子どもたちに占領されていた。

三河万歳や鳥追女、獅子舞なども、ここが稼ぎどきと張り切って歩き回っている。

神田須田町《すだちょう》を過ぎた辺りで、剣一郎の横に文七がやって来た。屋敷は訪問者が多いので、文七とは外で落ち合うことにしていたのだ。

「その男は福耳だったのだな」

剣一郎は横に並んだ文七にきいた。

「ええ、色も浅黒く、細面。大きな耳たぶをこの目ではっきり見ました」

文七は自信を持って言った。

昨夜遅く、文七が屋敷に、飴売りの男によく似た男を見つけたと知らせに来たのだ。見かけたのは、神楽坂の毘沙門天である。

「ひとりではなかったということだが」

歩きながら、剣一郎は確かめる。

「はい。女といっしょでした。垢抜《あかぬ》けた感じの年増です。素人《しろうと》じゃありません。ですが、人ごみに紛《まぎ》れて見失ってしまいました」

「無理もない。相当な人出だったろう。いずれにしろ、女といっしょだったということがわかっただけでも、上出来だ」

「いえ、それはまったくの偶然ですから」

文七は運がよかっただけだというが、必ずしもそうではない。男は遊び人だということから、浅草界隈《かいわい》や湯島などの地回りから話を聞き出した。だが、誰も知らないので、探索の輪を広げ、きのうは神楽坂にやって来たのだ。

もっとも、その男が飴売りの男と同一人物かどうかはまだわからない。福耳の男はたくさんいるだろう。だが、年齢や背格好、顔の特徴も似ているというので、同一人物だという可能性は高いと思われた。

年末から年始にかけて、文七は飴屋の男を探し回っていたのである。文七がどんな正月を迎えたのか、剣一郎は知らない。いや、この探索だけに携《たずさ》わっていたはずだ。

神田川沿いを西に向かい、途中、お茶の水、小石川《こいしかわ》を過ぎ、牛込御門《うしごめごもん》と反対側の道に入ると、神楽坂だった。

坂を上って行くが、上り下りのひとで坂は溢《あふ》れている。

まず、毘沙門天にやって来て、飴売りの男と連れの女を見かけたときの状況を聞いた。

「門の横に出ている露天商から話を聞いているとき、目の前を、飴屋の男が横切ったんです。ちょうど、ここを歩いて来ました」

文七は男が通った場所に立った。

「女が寄り添ってました。ふたりは、こっちに行きました」

文七は毘沙門天を出て左に曲がった。

「これでは、つけて行くのはたいへんだ」

人ごみに押され、前方の人間はあっという間に見えなくなってしまう。

牛込通寺町にやって来て、少しは人出も少なくなっていた。

「この界隈で、見失いました。ここから、そう遠くへは行っていないと思うのですが」

文七はこの先まで走ったが、ふたりはいなかった。従ってこの界隈のどこかの家に入ったのではないかと言う。

出合《であい》茶屋のような家があるのかと探したが、そのような家はない。この界隈には寺が多いので、どこかの寺かもしれないと待ってみたが、ふたりは出て来なかった。

一刻（二時間）以上、この界隈にいて、諦めて引き上げたと、文七は悔しさを表情に滲《にじ》ませた。

「いや、上出来だ。おそらく、男か女の住まいがこの界隈にあるのかもしれない」

「はい。女の顔もはっきり見ましたから、男と女のどちらでも探し出してみせます」

子どものかどわかしということで、文七はいつも以上に真剣な顔つきだった。

そのあと、ふたりで、この界隈を歩いてみた。そんなにうまく、目当ての男が見つかるはずはなく、剣一郎は再び元の道に戻ったところで、

「きょうのところは引き上げよう」

と、言った。

「あっしはもう少し歩き回ってみます」

「そうか」

剣一郎は文七の意気込みをよしとしながらも、

「文七。今夜は我が屋敷に来い」

と、誘った。

お節料理や酒を馳走《ちそう》してやろうと思ったのだ。

「ありがとうございます」

「適当なところで切り上げるのだ。よいな、待っているから」

「はい」

剣一郎は神楽坂に戻った。

まだ、犯人は遠いところにいる。剣一郎は焦《あせ》る気持ちを抑えながら、神楽坂を下っ

て行った。

二

「やんりゃ、めでたやナア、鶴は千年の名鳥なり、亀は万年のヨ、御寿命を保つ。鶴にも優れ亀にも増す、きょうはこの御家をば、長者のしんと祝い栄えましんまする。建て始めの柱をンばョ綾《あや》と錦《にしき》で包まして……」

太夫の沢市が踊りながら唄い、才蔵の頓兵衛が鼓《つづみ》を叩く。

沢市は浅葱《あさぎ》色の素襖《すおう》、折烏帽子《おりえぼし》をかぶり、大小を帯刀している。頓兵衛は掛素襖、丸に柏の紋。縞のたっつけ袴に侍《さむらい》烏帽子をかぶっている。

「――誠に目出《めで》とう候《そう》らいけるとは、これからそろそろ万歳オヤ万歳ェェ万歳オヤ万歳……」

きょうは、神田小川町《おがわまち》にある旗本大柴源右衛門《おおしばげんえもん》の屋敷に上がっていた。

襖を取り外した大広間の上座に恰幅《かっぷく》のよい大柴源右衛門が座り、両脇には奥方や子息ら。さらに、親戚の者たちが座を占めて大いに賑わった。

酒を馳走になっていくうちに、打ち合わせ通りに才蔵の頓兵衛が酔っぱらい、女たちに悪さをはじめる。

ひとりひとりのところにおどけながら顔を近づけ、悪さをすると見せかけて、転んで見せたりしていたが、だんだん、頓兵衛は下座のほうにいる女たちのほうまで押しかけた。

しまいには廊下で見物していた女中に目をつけ、庭まで逃げた女中を追いかけたのだ。悪のりしていると、沢市はひやひやした。

酒を呑まされ、女中衆を追いかけ回すのも芸のうち。だが、そこには品がなければならない。

悲鳴を上げて逃げた女中に追いつき、いやがる下女の腕をとって袂《たもと》をたくし上げた。幸い、殿様や周囲の者はいたずらだと思って笑っていたが、女中は必死の形相《ぎようそう》だった。

なんとか、無事に終え、たっぷりと祝儀をもらって屋敷を引き上げたが、にこにこしていた沢市の顔は門から離れるにしたがいだんだん厳しくなっていった。

宿に近づいてから、沢市はとうとう堪《こら》えきれずに声を張り上げた。

「頓兵衛。おまえさん、きょうの酔態はなんだい。いくら、あれじゃ、まるで……」

頭に血が上っていて、沢市は自分でも何を言っているかわからなくなった。

「太夫、申し訳ないことです」

のっぺりした頓兵衛の表情からは反省している様子は窺《うかが》えない。

「おまえさんは私に恥をかかせるつもりなのか。おまえさん、ほんとうに才蔵をやったことがあるのか」

沢市は声を震《ふる》わせた。

磯七の代わりだと言うから芸もしっかりしているかと思ったが、間は悪いし、動きも鈍い。

この男では才蔵市では誰も買手がつかないだろう。いったい、どんなつもりで磯七はこんな男を代わりに寄越《よこ》したのか。

だが、いくら文句を言ってももう手遅れだった。代わりはいないのだ。この男を相手に、残りの仕事をこなすしかなかった。

申し訳ないというわりには、頓兵衛は口許に笑みさえ漂《ただよ》わせている。よほど怒鳴《どな》ろうかと思ったが、臍《へそ》を曲げられたら、明日から困るのだ。

沢市が宿に戻って来ると、女中が迎えた。

「おかえりなさいまし」

その女中に、頓兵衛が軽口を叩いた。

部屋に入ってから、沢市は改めて頓兵衛を叱《しか》った。

「よいか。才蔵は下品な振る舞いをしながら、その実、品を保っていないといけない。相手を怖がらせながらも、恐怖心を与えてはいけない。常に道化に徹するのだ。こんなことを、今さら言わなくてはならないとは……。ええい、もういい。明日から、しっかり頼みましたよ」

「へい」

頓兵衛は手応えのない返事をして自分の部屋に引き上げた。

「困った奴だ」

沢市は深くため息をついた。

夕飯を食べてから、沢市は宿を出て、駕籠を頼み、お久のところに向かった。牛込御門から外堀沿いを行き、市《いち》ヶ谷《や》御門から四谷《よつや》御門を過ぎて外堀と別れ、武家地を抜け、赤坂にやって来た。

赤坂田町五丁目に入り、沢市は『麦飯』という岡場所の入口で駕籠を下り、『蓬萊家』まで歩いた。

土間に、お久がいなかった。

「お久さんはまだ？」

「いえ、だいじょうぶです。さあ、どうぞ」

お久に客が来ているのだ。それは構わない。だが、また、あの多吉という男かもしれないと思うと、胸がきりりと痛んだ。

あの男はお久に不幸を運んで来るように思えるのだ。

二階の部屋に上がって待っていると、お久がやっと顔を出した。

「なんだか、おっかない顔」

お久に言われ、沢市ははっとした。

「あっ、すまない。相方のことで、ちと面白くないことがあってね」

沢市は気を変え、

「風邪はだいじょうぶかえ」

と、お久の白い顔を見た。

「ええ、もうすっかり」

「それはよかった。ゆうべはがっかりしましたよ」

「すみません」

ゆうべ来たら、お久は熱が下がらず寝込んでいると、女将《おかみ》に言われたのだ。見舞いがてら、一目でも会いたいと頼んだが、女将がうつるといけないからというので、結局会えなかったのだ。

「私はまた、きのうは……。いや、なんでもない」

多吉がやって来て、お久を独り占めにしているのかと邪推《じゃすい》したが、ほんとうのことはわからなかった。

酒を少し呑んだだけで、沢市とお久は隣の部屋に移った。

有明行灯《ありあけあんどん》の明かりがほんのりと艶《なまめ》かしく灯《とも》っている。沢市は褌《ふんどし》姿になって、先にふとんに入った。

衣擦《きぬず》れの音がして、お久が着物を肩から落とした。白い裸身がぼんやりと浮かび上がった。

そして、ゆっくりとお久がふとんに入って来た。

沢市は腹這いになって、煙草をくゆらせた。

雨音がした。

「降って来たのか」

「そうらしいですね」

お久がふとんから出て着物を羽織った。

「向こうの部屋に行って来るのか」

沢市はつい不機嫌になった。

「いえ、まだ」

お久は小さく答える。

「多吉って男か。来ているのは」

「いえ。きょうは来ません」

「どうだか」

なぜ、これほど気が立っているのだと、沢市は嫉妬している自分がいやになった。

「お久さんは、多吉って男に小遣いをあげているのか」

「そんなこと、していません。あのひとは……」

またも、あとの言葉を止めた。

何か隠していることがあるのだ。いや、他人には言う必要のないことなのだろう。

煙草盆に煙管を叩いてから、沢市は立ち上がった。

「引き上げるとしよう」

「怒っていらっしゃるのですか」

お久が哀しげな目を向けた。

そんな目を見ると、いじらしくなる。

「怒ってなんかいるものか」

沢市がお久の前に顔を突きつけて言う。

「明日も屋敷廻りがあるので、泊まるわけにはいかないからね。また、明日、来るよ」

「はい」

お久は白い歯を見せた。

身支度を整え、沢市はお久と共に部屋を出た。

「お気をつけて」

お久に番傘を借り、沢市は外に出た。

宿に帰ったのは四つ（午後十時）前だった。

部屋に入ってから、また頓兵衛に対しての怒りが込み上げてきた。磯七に文句の手紙でも書こうと思ったり、明日からのことを考えたり、またお久の顔も浮かんできて、なかなか寝つけなかった。

激しくなった雨の音も、神経をいらだたせていた。

障子の外が明るくなっていた。廊下もざわめいていて目が覚めた。

窓を開けると、小雨《こさめ》になっていた。だが、地べたに水たまりが出来ていた。

厠《かわや》に行ってから部屋に戻ると、ふとんを上げにきた女中が、

「頓兵衛さんは出て行きましたけど、よろしいんですか」

と、顔色を窺うようにきいた。

「出て行った？　どこにだね」

沢市はまだ他人事《ひとごと》のようにきき返した。

「今朝早く、宿を払いました」

「なに、宿を払った？　どういうことだ」

沢市は耳を疑った。

が、次の瞬間には部屋を飛び出していた。

頓兵衛の部屋の障子を開けた。がらんとして、荷物はなかった。

「なんと」

沢市は絶句した。

「どうかしたのかえ」

背後に、丸吉太夫が立っていた。

「才蔵に逃げられちまった……」

沢市が呆然《ぼうぜん》と言った。

「そういえば、きのうはずいぶん叱っていなすったな」

「へえ。きのうのお屋敷で、お女中に淫《みだ》らな真似に及んだんですよ。いや、それより、才蔵の技量がないんです。あんな男を寄越すなんて、磯七の奴め」

磯七に対して怒りが込み上げてきた。

「そうそう、磯七さんはどうしたんだね」

「へえ、じつは急病で来られなくなったって言うんです。それで、頓兵衛という男を代わりに寄越したんですが、こいつがとんだ食わせ者だった」

沢市は絶望的な声を上げた。

才蔵がいなければ、万蔵は成り立たない。きょうは麻布《あざぶ》の大名屋敷に伺うことになっているのだ。きょうだけではない。明日も、明後日も……。

どうしよう、と沢市は頭を抱えた。

「沢市さん」

丸吉太夫が見るに見かねたように声をかけてきた。

「すぐに、仁太夫《にだゆう》どのの配下の八丁政《はっちょうまさ》のところに行ったほうがいい。才蔵のことは、仁太夫どのが責任を持っているのだから」

「そうだ。さっそく」

才蔵市を取り仕切っているのは、大道芸人の親方である乞胸《ごうむね》仁太夫という男である。

この仁太夫は、独相撲《ひとりずもう》、蛇使い、願人《がんにん》坊主、辻祭文《つじざいもん》、大道講釈などの大道芸人たちを支配していたが、才蔵の周旋《しゅうせん》もしていた。

で、実際に取り仕切っているのは八丁堀《はっちょうぼり》に住まいを持っている政三《まさぞう》で、八丁政と呼ばれる支配頭だ。

才蔵市で仕事にあぶれた者が、万が一、誰かが不慮《ふりょ》の出来事、たとえば急病などで才蔵が務まらない事態になったときに備え、待機していたりする場合もある。また、せっかく江戸に出て来たのだからと、正月明けまで居残っている者もいる。だが、遊んでいられるほどの身分ではないので、そういった者に、大道芸の仕事の世話して、江戸で過ごさせている。

「さっそく、行ってきます」

荷物を持って、沢市はそそくさと宿を出て行った。

場所は八丁堀だという。奉行所の与力の屋敷にも出入りをしているので、八丁堀は馴染《なじ》みがあった。

まだ、小雨ながら降り続いている。

沢市は八丁堀に急いだ。きょうは昼過ぎに、麻布の大名屋敷で万歳を演じなければならないのだ。それまでに、間に合うか。沢市は焦った。

駕籠で、八丁堀にやって来た。

本八丁堀五丁目に、八丁政の住まいがあった。一軒家だ。

入口で声を張り上げた。

「お願いします」

若い男が出て来た。

「支配頭の政三さんはいらっしゃいますか。私は三河万歳の沢市太夫と申します」

「沢市太夫？　ちょっとお待ちください」

若い男が奥に引っ込んだ。

すぐに、どてらを羽織った大柄で目つきの鋭い男が出て来た。

「沢市太夫でございます」

沢市はすがりつくように挨拶した。

「おう。沢市さんか。ちょうどよかった。こっちもおまえさんに用があったのだ」

「えっ、なんでしょうか」

八丁政は上がり口にあぐらをかいた。

「確か、おまえさんの相方の才蔵は磯七だったな」

「へい」

「今年はその磯七から挨拶がないんだ」

才蔵は乞胸仁太夫に世話料を支払わねばならない。必ず、仁太夫に仁義《じんぎ》を通さねばならないのだ。それがないという。

「じつは、磯七は急病になり、代わりに頓兵衛という男がやって来たのです」

沢市は事情を説明した。

「頓兵衛だと。そいつから挨拶はねえ」

八丁政は憤然《ふんぜん》と言う。

「そうですか。じつは半金を手にしたまま、きのうのお屋敷が済んだあと、逃げてしまったのです」

その経過を語ったあと、

「どうか、代わりの才蔵を紹介ください」

「とんでもねえ野郎だ。頓兵衛だな。どんな野郎だ。探して、とっちめてくれる」

八丁政は眦《まなじり》をつり上げた。

沢市は頓兵衛の特徴を話した。

「よし、わかった。その男のことは任せろ。それより、太夫は困ったことだろう。ちょっとお待ちなせえ」

八丁政は若い男に帳面を持ってこさせた。

そして、帳面をめくっていた手を止め、

「若い男だが、こいつならきょうにでも使えるかな」

と、呟くように言った。

「ほんとうですかえ」

「うむ。だが、今は下谷山崎町の長屋にいる。玉吉《たまきち》という男だ。よし、俺が手紙を書いてやろう」

「下谷山崎町ですね。ありがとうございます」

これから、下谷まで行かなければならないが、文句を言っている暇はない。

手紙を受け取り、沢市は再び駕籠に乗った。

日本橋を渡り、神田須田町から筋違橋を渡り、御成道《おなりみち》を急ぎ、下谷広小路、山下と過ぎて、下谷山崎町にやって来た。

乞胸仁太夫の配下にいる大道芸人たちが住まいしているところだ。

駕籠を下り、大道芸人たちの住む長屋に足を向けた。雨は止んでいたが、道はぬかるんでいる。

恵比寿《えびす》に扮装した男とすれ違った。恵比寿舞をして祝儀をもらう門付けだ。雨が止んだので、これから商売に出るところのようだった。こうしてはいられないと、先を急いだ。

長屋の路地を入った。屋根は傾《かし》いでいて、いまにも倒れそうな棟割《むねわり》長屋だ。たまたま目の前の腰高障子《こしだかしょうじ》が開いて、手拭いを吉原被りにした男が出て来たので、沢市は声をかけた。

「おそれいります。玉吉というひとを知りませんか」

「玉吉なら、そこだ」

と、男は隣を指さした。

「へえ、ありがとうございます」

吉原細見《さいけん》売りらしい男は長屋を出て行った。

沢市は玉吉の住まいの腰高障子を開けた。

「誰だえ」

薄暗い奥から声がした。

「玉吉さんかえ」

「おう、玉吉だ」

土間のほうに顔を出したのは小肥りの男だった。

「私は三河万歳の沢市太夫という者だ。八丁堀の政三さんの紹介でやって来た」

沢市が言うと、玉吉は裾をぽんと叩いて腰を下ろした。

「へえ、あっしに何か」

玉吉は急に態度を改めた。

「おまえさん、才蔵が出来るそうだが」

「へい。まだ、修業中の身ですが」

「じつは、相方が急に都合が悪くなってしまったのだ。おまえさんに相方をしてもらえないかと思って来たのだが」

「ほんとうですかえ。それは願ってもないことです」

玉吉は目を輝かせた。二十三、四だ。小肥りで、愛敬《あいきょう》のある顔立ちが気に入った。才蔵らしい雰囲気を醸《かも》し出しているので、少しぐらい技量に難があっても、この男ならなんとか使えそうだと思った。

「おまえさんは、どこの在なのだね」

「相模です」

「そこで、才蔵の修業を？」

「へえ。でも、今はずっとここにいて、節季候《せきぞろ》や住吉《すみよし》踊りなどの手伝いをしております。今年の才蔵市にも出たのですが……」

「わかった。とりあえず、きょうからやってくれないか」

「えっ、きょうから。わかりました」

驚いたようだが、玉吉はすぐに目を輝かせた。やる気が感じられて、沢市は安堵《あんど》した。

「すいません。その前に、親方に断りをいれてきやす」

「うむ。そうしておくれ。もし、私が挨拶に行ったほうがよいなら、私も行くが」

「いえ、だいじょうぶです。じゃあ、ちょっとお待ちください」

玉吉は土間を出て行った。

煙草入れを出して一服して待っていると、玉吉が戻って来た。

玉吉の後ろに、痩身の男がいた。三十半ばと思える男だ。

「お世話になっている兄貴です」

玉吉が紹介した。

「これは、はじめまして。三河万歳の沢市太夫と申します」

「この玉吉は、才蔵にあぶれ、ここに流れ込んで来たものです。住吉踊りなどを仕込んでおりますが、才蔵は本人もやりたいと思っていたようなので、よろしく指導してやってください」

「はい。助かります」

沢市は救われたような思いで、

「さっそくですが、きょうから手伝っていただきたいのですが、よろしいでしょうか」

と、頼んだ。

「玉吉。いいな」

兄貴は玉吉に確かめてから、

「どうぞ、鍛《きた》えてやってください」

と、丁寧に頭を下げた。

どうにか間に合ったと、沢市は安堵のため息をもらした。

その日の午後、沢市太夫は、新しい才蔵の玉吉と共に、麻布の大名屋敷の門を潜った。

沢市は折烏帽子の麻の素襖に刀を差し、玉吉は侍烏帽子に鼓を持ち、肩に布袋を背負っている。

玉吉は鼻の下に髭《ひげ》をつけ、とぼけた顔は、道化役の才蔵にはうってつけのように思えた。

きょうはのびのびと、沢市は舞い、唄うことが出来た。

三

正月六日。朝から風が強かった。

剣一郎は奉行所に出た。まだ、仕事始めではないので、必要最小限の者しか出仕しておらず、普段は訴人や陳情者で賑わう玄関前も閑散《かんさん》としていた。

事務方の仕事はなくとも、風烈廻りはやはり風の強い日には町廻りに出る。

かどわかしのほうも進展がなく、剣一郎は他に手立てもないので、同心の礒島源太郎と只野平四郎と共に、風烈廻りの見廻りに出た。

こうして、江戸の町を歩き回っていたほうが、飴売りの男を見つけ出せるかもしれないのだ。

夕方に、神楽坂から牛込御門の前にやって来たとき、お濠《ほり》の傍にひとがたむろしていた。その中に、定町廻り同心の植村京之進《うえむらきょうのしん》の姿があった。京之進は若いうちに定町廻りになったほどの切れ者で、剣一郎に対してもっとも畏敬の念を抱いている同心だった。

「何かあったようですね」

礒島源太郎が目を細めて人だかりのほうを見た。

「見て来よう」

子どもたちは人買いに攫《さら》われたのであり、どこかに売り渡されることはあっても、殺されることはないと思ってはいても、何かあれば不安に襲われるのだ。

「私が行って来ます」

若い只野平四郎が駆けて行った。

「頼む」

只野平四郎の父親は有能な定町廻り同心だった。平四郎はいつか父のような定町廻りになりたいと願っているようだ。

　そのせいか、事件の匂いがすると、じっとしていられなくなるのかもしれない。

　只野平四郎の後ろ姿がだんだん小さくなり、人だかりにまぎれ込んだ。しばらくして、平四郎が戻って来た。

「女中ふうの女が殺されておりました」

　子どもではなかったが、ひとが殺されたことに、胸が痛んだ。

「正月早々、物取りか」

　礒島源太郎が苦々しい顔で言う。

　正月に入ってから、殺されたのはふたりめだ。もっとも最初の犠牲者は職人で、酒の上での喧嘩《けんか》が元で殺しに発展したもので、下手人は自首している。

　したがって、強盗のような凶悪犯罪の犠牲者は今年はじめてということになる。

「単なる物取りではないようです。というのは、殺された女は左腕を肘《ひじ》から切り取られていました」

「なに、腕を切り取られていただと?」

　剣一郎は顔をしかめた。

「はい。辺りに落ちていなかったので、おそらく下手人が持って逃げたのだろうと」

正月早々、悲惨《ひさん》な事件が起こったという怒りが込み上げてきて、

「ちょっと、様子を見てみよう」

見過ごしには出来ない事件だと思い、剣一郎は現場のお濠に向かった。

剣一郎の姿を見て、植村京之進は死体の傍から立ち上がって迎えた。

「青柳さま」

「すまぬ。ちょっと仏を拝ませてくれ」

「はっ。どうぞ。おい」

京之進が岡っ引きに指図した。

剣一郎が亡骸《なきがら》に近づくと、岡っ引きが筵《むしろ》をめくった。

仰向けになった女の顔は蠟《ろう》のように白かった。二十四、五の年増だが、鼻筋が通り、富士額《びたい》。唇がやや厚いが、美形のようだ。

髪形や着ているものから、屋敷奉公の女中のように思われる。匕首《あいくち》で胸を一突き。かなり、手慣れた者の仕業だ。

去年の暮れの小塚原で、旅装の男が殺された事件を思い起こした。あの男も、このように心の臓を一突きにされていた。

目を下に転じると、やはり左の肘から先がなかった。見事な切り口で、切り取られ

ているのだ。

「殺されたのはゆうべのようだが」

死体の様子などから、剣一郎はそう判断した。

「はい。土手下の草むらに隠れて、さっきまで通行人にも気づかれなかったようです。たまたま、酔っぱらいが立ち小便をしようとして見つけたのです」

どこかの奉公人なら、その屋敷の者から訴えがあろう。身元がわかれば、下手人を見つけ出すことは容易と思える。

腕を切り取っているからには、かなりの恨《うら》みがあるのかもしれない。

「どうも、正月早々、いやな事件だ」

「まことに」

京之進も顔を歪《ゆが》めた。

またも、小塚原で見つかった男の傷とこの女の傷とが似ていることが気になった。

ひょっとして、下手人は同一人の可能性もある。

「去年の暮れ、小塚原で殺された男がいる。傷口が一致しているように思えてならない。念のために、関連を調べてみたらどうだ」

「わかりました。さっそく、大下半三郎どのに確かめてみます」

京之進ははりきって答えた。

「正月早々、腕を切り取るなど、酷《むご》い犯人だ。必ず、捕まえるように」

そう言い残し、剣一郎はその場から離れた。


あちこちの屋敷で、門飾りや注連縄《しめなわ》などを片づけはじめていた。商家からも門松がなくなっていた。

「七草なずな、唐土《もろこし》の鳥と日本の鳥と、渡らぬ先に……」

どこかの商家の台所から、俎《まないた》を叩きながら唱和をしている声が聞こえてきた。

明日七日は七草粥《がゆ》で祝うために、今夜はせり、なずな、ごぎょうなど、七草の若菜を俎に載せ、七草打ちといって、包丁《ほうちょう》やすりこぎなどで叩くのだ。

「年が明けたと思ったら、もう七草ですね」

只野平四郎が呟く。

「そういえば、子どもは二度目の正月を過ごしたことになるな」

礒島源太郎が只野平四郎の子どものことをきいた。

「はい、三歳になります。早いものです」

平四郎は目を細めた。

一昨年の師走。只野平四郎の父親は凶悪犯捕縛《ほばく》に手を貸し、そのために非業《ひごう》の最期《さいご》を遂《と》げた。その日、つまり父親の亡くなった日の同じ時刻に、平四郎の妻女が男の子を出産したのだ。

ふと、剣一郎は北国で暮らしている剣之助と志乃のことを思い出した。やがて、ふたりの間に子も生まれるだろう。

そうなれば、俺の孫ということになる。まだ、若いと思っていても、着実に歳月は過ぎ去って行くのだ。

そんな思いにとらわれていると、前方に門付け万歳の太夫と、鼓を持ち、肩に袋を持った才蔵のふたり連れが歩いていた。

そうだ、十二日は我が家に沢市太夫がやって来る日だったと、剣一郎は思い出した。

正月十二日、三河万歳が屋敷にやって来る日で、剣一郎の屋敷にも近隣の者たちが集まって来ていた。

るいのお琴《こと》の仲間の娘たちや多恵の友達などが集まって、襖を外した二間続きの部屋も狭く感じられた。

「やんりゃめでたや、めでたや……」

と、沢市太夫と才蔵が座敷の中央に入って来て、座が盛り上がった。

剣一郎は才蔵を見て、おやっと思った。去年とは別人のような気がしたのだ。そんな思いを抱きながら、太夫と才蔵の掛け合いの柱立ての囃《はや》しに聞き入った。

「——一本の柱は市場の魚の山、お江戸に名高い河岸《かし》の朝。二本の柱は日本橋、これぞ諸国の道しるべ。三本の柱は山王《さんのう》さま、ひけやひけひけよい仲の綱。四本の柱は四月の亀戸《かめいど》、藤に色めく天満宮。五本の柱は五丁町、よしや吉原、伊達《だて》くらべ……」

それから、才蔵の好色な芸と続き、一同はやんやの喝采《かっさい》で笑い転げていたが、剣一郎はやはり事件のことが頭から離れず、心から楽しんではいなかった。

それでも、芸が終わったあと、剣一郎は沢市太夫に酒を勧めた。

「いや、楽しかった」

剣一郎は酒を注ぐ。

「ありがとう存じます」

沢市が押しいただいた。

次に、才蔵にも酒を注いだ。

「はじめてだな」

「はい。玉吉と申します。まだ未熟者で、お目を汚してしまったらお詫びいたします」

「なあに、なかなかおかしみがあって結構だった」

剣一郎は芸の未熟さには目を瞑《つむ》り、一生懸命に演じていたことを讃《たた》えた。

玉吉がるいのほうに呼ばれて行ったあとで、剣一郎はきいた。

「磯七はどうした？」

「はい。急病だそうで。代わりに頓兵衛という男を寄越してくれたんですが、これがいい加減な男でございまして」

沢市太夫は顔をしかめた。

さるお屋敷の女中に不躾《ぶしつけ》な真似をしたので、あとで叱ったところ、その翌朝、どこかへ行ってしまったと、沢市は悔しそうに話した。

「それで、急遽、玉吉を雇った次第です」

「それは災難だったな。しかし、あの磯七がそんないい加減な男を代わりに寄越すとは信じられないが。添え状にはなんと書いてあったのだ？」

「いえ、添え状はありませんでした」

「なに、ない？　それも磯七らしくないな」

剣一郎は脳裏に何かがかすめた。

「磯七……」

剣一郎ははっとした。

「磯七には何か体に特徴があったか」

「えっ、特徴でございますか」

不思議そうな顔をしたが、沢市は小首を傾げ、思い出そうとした。

「あっ、そうそう」

沢市太夫は声を上げた。

「背中に火傷《やけど》の跡がありました。子どもの頃、囲炉裏《いろり》に落ちたとか」

「火傷の跡か」

あの死体の背中にも火傷の跡があったと記録にあった。

「太夫。すまないが、明日、小塚原までご足労願えないか」

「えっ、小塚原ですって」

「去年の暮れ、あそこで旅の男が殺された」

「まさか、それが磯七だって言うのでは」

沢市太夫は絶句した。

翌朝、剣一郎は千住回向院《えこういん》の山門前で待っていると、沢市太夫を乗せた町駕籠がやって来た。

「太夫、ごくろうだ。さあ、こっちに」

本堂の脇をまわり、墓地に向かった。そして、町方や寺男の手で、仮埋葬《まいそう》されている男の死体を掘り起こした。

死体が現れてから、沢市太夫に顔を改めさせた。

恐る恐る覗《のぞ》いて、沢市太夫はあっと声を上げた。

「磯七さんだ。これは磯七さんだ」

「やっぱり、そうか」

剣一郎が年に一度見ていた磯七は侍烏帽子をかぶり、鼻の下に髭をつけ、道化役の顔つきになっていた。

普段の顔、さらに死体ということで、見たような顔だとは思ったが、剣一郎は磯七と結びつかなかったのだ。

「なんてこった」

沢市太夫はその場にしゃがみ込んだ。

「磯七さんは約束通り、江戸にやって来たんだ。磯七さん、なんて変わり果てた姿に」

沢市は嘆《なげ》いた。

「磯七を殺したのは頓兵衛という男だろう。磯七にとって代わって才蔵をやろうとしたのだ。だが、何が目的だったのか」

去年の磯七の芸を思いだしながら、剣一郎はやりきれなくなった。

「青柳さま。そういえば、頓兵衛という男はときたま鋭い目つきをして、背筋がぞくぞくとしたことが何度かありました」

沢市は肩をすくめ、

「まさか、頓兵衛は私を殺そうとしているのでは」

と、怯《おび》えた。

「いや。それはない。だったら、とうに殺しているだろうし、それに、いなくなったというのは目的を果たしたか、その必要がなくなったからであろう」

そうだ。何かの目的があって沢市太夫の相方になったのだ。そして、逃げたのは、目的を果たしたからだと考えたほうがいい。

目的とは何だったのか。

「その頓兵衛という男の特徴は？」

「はい。歳の頃は三十前後。中背の引き締まった体をしておりました。顔はのっぺりして、目が細く、ちょっと不気味な感じでした」

「明日にでも似顔絵を作るので協力してもらいたい」

「はい。神楽坂の『野田屋』という旅籠におりますので」

「うむ。頼んだ」

剣一郎はふと思い出して、

「頓兵衛が、あるお屋敷の女中に無礼な振る舞いに及んだと言ったな」

と、きいた。

「はい。悲鳴を上げて逃げまどう女中たちを追いかけ、女中の手を掴んでは袖をたくし上げたのでございます」

「どっちの手を掴んでいたか覚えているか」

はっきりとした考えがあったわけではないが、剣一郎は女中ふうの女が殺された事件を思い出していたのだ。

「さあ、どうだったでしょうか。あっ、思い出しました。どの女中にも左の腕を見ていました」

「左に間違いないか」

「間違いありません。何人かの女中を追いかけていましたが、摑んでいたのはたしか、皆左手でした」

殺された女が切り取られたのは左腕の肘からだ。しかし、それだけで頓兵衛の仕業《しわざ》だという証拠にはならない。

頓兵衛はほんとうに才蔵になりたい一心で、磯七を殺してしまったとも考えられる。また、女中に無礼な振る舞いに及んだのは、単に酔っぱらったせいかもしれない。

いや、磯七の傷は相当な手練《てだれ》の者の仕業だった。下手人は匕首の扱いには馴れており、ひとを殺すのに何のためらいもない。下手人が頓兵衛だとしたら、そのような男がただ単に才蔵になりたいがために、ひとを殺すだろうか。

やはり、頓兵衛には何らかの目的があって、磯七に代わって才蔵をやったのではないか。

いずれにしろ、もし、殺された女がそのお屋敷の女中だとしたら、頓兵衛の仕業と考えて間違いない。

「そのお屋敷の名を教えてはもらえぬか。いや、そなたに迷惑はかけぬ」

剣一郎は念のためにきいた。

　束の間の逡巡《しゅんじゅん》の後に、

「旗本の大柴源右衛門さまの小川町のお屋敷にございます」

と、沢市は口にした。

　大柴源右衛門は、確か、三千石の旗本だったと記憶しているが、定かではない。

「その女中の顔を覚えているか」

「いえ。まったく記憶にありませぬ」

　沢市太夫はすまなそうに答えた。

「そうか。いや、わかった。いろいろご苦労だった」

　剣一郎はねぎらった。

「では、私はこれで」

　沢市が去ったあと、剣一郎は大下半三郎に、

「亡骸の主《ぬし》は、下総古河の出身の磯七という男だ。下総古河に問い合わせ、身内の者に確かめさせるように」

　と、命じた。

「それから、頓兵衛と名乗る男のことも問い合わせるのだ。磯七のことをよく知って

いるはずだ」

頓兵衛は下総古河からわざわざ磯七を追って来たのだ。そして、小塚原で追いつき、殺した。そして、沢市太夫が泊まっている宿に行ったのだ。

女中殺しと関連しているかどうかは、殺された女が大柴源右衛門の屋敷に奉公していた者かどうかでわかる。この件は、植村京之進に確かめさせようと思った。

ただ、頓兵衛が目的を果たした場合、江戸を離れる可能性は高い。なんとしてでも、早く頓兵衛を見つけ出さねばならない。

四

早いもので、年が明けたと思ったら、きょうはもう十四日。

その日の昼下がり、多吉は本所亀沢《かめざわ》町にある『田中屋』という一膳飯屋に入った。

まだ、待ち合わせの相手は来ていなかった。

空いている飯台の樽《たる》椅子に腰を下ろし、小女《こおんな》に酒を頼んだ。

最後に子どもをかどわかしたのが先月の二十日だ。それから、今日まで、次の命令はなかった。

酒を呑んで待っていると、角兵衛がやって来た。三十半ばの体格のいい男だ。顔の造作もでかく、特に目が大きい。

「多吉、待たせたな」

「いえ」

角兵衛の貫禄に威圧されたように、多吉は低頭した。

注文を取りに来た小女に、角兵衛は酒を頼んだ。

ここが角兵衛との連絡場所だった。角兵衛からの指示があるかどうか、この店に顔を出し、亭主に確かめる。そして、角兵衛の言づけがあれば聞くのだ。

三日前にここに顔を出したとき、十四日の昼下がりという言づけがあって、ここにやって来たのである。

去年の十二月十七日、浅草の歳の市の日もここで角兵衛と会って、その帰り、両《りょう》国《ごく》橋を渡って引き上げるとき、青痣与力に尾行されたのだ。

酒が運ばれて来て、角兵衛が手酌で酒を注いで、いっきに呑み干した。それから、声をひそめて、

「今度の仕事でおしまいだ」

と、静かに言った。

「えっ、もう打ち止めですかえ」

多吉は声が裏返った。

「だって、十人ぐらい欲しいと言っていたじゃありませんか」

これまでかどわかした子どもは五人。そのつもりでいたのに、あとひとりで最後にすると言われては、こっちの予定が狂う。

多吉はまとまった金が欲しいのだ。

「おめえの人相書きがまわっているのを知っているか」

「なんですって」

「飴売りの男が、かどわかしに関わっていると、町方は摑んでいる。その男の似顔絵まで、町方は持っている」

顔から血の気が引くのがわかった。

多吉はとっさに青痣与力に尾行されたことを思い出した。やはり、かどわかしの件と結びつけていたのか。

「もっとも、お尋ね者っていうわけじゃねえ。だが、おめえを探していることは間違いない」

角兵衛は声をひそめ、

「おめえもしばらく江戸を離れたほうがいい。江戸での仕事も打ち止めにする。もう、江戸は危ない。用心するに越したことはないからな」

「じゃあ、江戸以外でやるんですかえ」

「そういうことになる」

「そうですかえ。で、最後のひとりは、どこの子どもですかえ」

「『多幸園』というのを知っているか」

「『多幸園』ですかえ。いえ、知りません」

「質屋の相模屋惣兵衛という男が私財を抛《なげう》って、自分の別邸で孤児を養っている。今、そこに三十人近い子どもたちがいる。その中に、春吉《はるきち》という子がいる。十三歳だが、体が大きな子だ」

「春吉ですね」

　多吉は確認する。

「そうだ。子どもたちは毎日、夕方まで川の辺で遊んでいる。その帰り、いつもひとりで近くの稲荷に拝《おが》んでいく。その帰りを襲うのだ。決行は明後日の十六日だ。この日は、承知のように丁稚奉公の藪入《やぶい》りだ。おそらく、町方も、親元に帰る子どもたちに注意を払っているはずだ。だから、こっちは狙い目だ。いつものように船まで連れて来い。最後だ。しっかり頼んだぜ」

「へい。わかりました。でも、子どもたちをいってえ、どうするんですね」

「知る必要はない」

「へい」

角兵衛の射るような眼差しに、多吉は首をすくめた。

多吉が角兵衛と会ったのは、本所の無頼御家人の屋敷で行なわれていた賭場でだった。

大負けしての帰り道に声をかけてきたのだ。

儲《もう》け話があるが乗らないかと言って来た。それが、子どものかどわかしだった。

多吉は渡り中間《ちゆうげん》時代の仲間だった清五郎と喜助を誘い、今までに五人の子どもをさらった。その子どもたちが、その後、どうなったのかは多吉は知らない。

ただ、指定された場所に連れて行けば、そこにはいつも荷足船《にたり》が待っていた。荷の中に子どもを隠して、どこかへ運んでいたのだ。

そして、次の日に、この一膳飯屋で角兵衛から三両をもらうのだ。こっちは三人だから、ひとり頭一両。

十人の予定だから。十両になる。が、その上で、十人のかどわかしが終わったら、別にひとり頭、十両をくれるという約束だった。

「『多幸園』は深川熊井町にある。近所で聞けばわかる。春吉は額《ひたい》に大きな黒子《ほくろ》がある。よいな。いつものように、船をつけておく」

「わかりやした」

「手抜かりなくな」

「それより、約束の別途ひとり頭の十両はどうなるんです？　十人のかどわかしで十両だから、六人で終わりだったら六両ってことですかえ」

「心配するな。十両出す」

そう言い、ふいに角兵衛は立ち上がった。

角兵衛が出て行った。

その背中を見送ってから、多吉はふと、不安が脳裏を掠《かす》めた。

その夜、多吉は赤坂田町の『麦飯』にある『蓬萊家』に入った。

お久が心配そうな顔をした。

「なんだか、顔色が悪いわ」

「そんなことはない。それより、きょうは、三河の太夫は来ていないのかえ」

「ねえ、多吉さん。ほんとうに危ないことをしているのではないのね」

と、急に真顔になってきいた。

「つまんない心配はよしておくれ。ちゃんと働いているんだ」

「だって、あれだけのお金を稼ぐのだってたいへんでしょう」

この娼家の亭主に身請けの手付けとして五両を渡した。その信用から、お久を半日、外に連れ出すことが出来たのだ。

お久と神楽坂の毘沙門天に初詣に行き、それから、牛込通寺町で間借りをしている家に連れて行ったのだ。

その五両の出どころを、お久は心配しているのだ。

「ほんとうにだいじょうぶなの」

お久がもう一度きいた。

「心配ないさ」

「ええ」

お久は曖昧《あいまい》に答えてから、

「ずいぶん熱心だな、あの男」

「ええ。まだ」

これまで子どものかどわかしで手に入れた報酬の五両は、身請けの前金として、この店の亭主に渡してある。残りはあと十五両。

しかし、あとひとりのかどわかしで一両と、最後の報酬の十両とで計十一両。身請けの二十両に、あと四両が足りないのだ。

それに、身請けのあと、当座の暮らしのことを考えたら、もう少し金が欲しい。

不足分をどう補うか。

多吉は考え込んだ。

「ねえ、どうしたの。そんなに怖《こわ》い顔をして」

お久に言われて、多吉ははっとした。

「なんでもねえ。ご新造《しんぞう》さんを、いつまでもこんな所にいさせておいて、心が痛んだだけさ」

「ご新造さんなんて言わないで」

「ああ、すまねえ。お久さん」

お久ははかない笑みを浮かべた。

お久は、もともと貧乏御家人のご新造だった。そのとき、中間として奉公していたのが多吉だった。

旦那は酒乱で、女癖の悪い男だった。そこに同情して、多吉はついお久の肩を抱いてしまったのだ。そのことがあとで問題になって、多吉は出奔《しゅっぽん》。それから三年後のことだ。その屋敷で下男をしていた留蔵《とめぞう》という男と再会し、お久が離縁されたあと、岡場所に身を沈めたと聞かされたのだ。

多吉は、お久の居場所を探し、ついに『蓬萊家』で、お久と再会したのだった。はじめは信じられなかった。あのご新造さんが、娼妓になっている。よく似ているが別人だと思おうとした。だが、お久から「おなつかしゅう」と言われ、多吉は現実を認めざるを得なかったのだ。

あのあと、お手討ちは免《まぬか》れたが、離縁された上に、騙されて、身を売る羽目になったのだという。しかし、実際は女衒《ぜげん》に、売り飛ばされたのだ。もちろん、旦那にである。

はじめから、そのつもりで、自分の妻と多吉を結びつけようとしていたようだった。それを知ったところであとの祭りだったが、多吉は泥水に身を沈めたお久に五体が引き千切られるような思いになったのだ。

どんなことをしてでも、きっと身請けしてやる。多吉はそう決心したのだ。

だが、身請けの金二十両を貯めるのは大変だった。口入れ屋で仕事を見つけ、稼いだ金を大きくしようと博打に手を出しては失敗した。そのことの連続だった。

そんなときに、角兵衛に声をかけられたのだ。

「お久さん。もうしばらくの辛抱だ。きっと、ここから出してやるぜ」

多吉はお久の肩を抱き寄せて言った。


翌十五日の夕方。多吉は清五郎と喜助と共に、深川熊井町にやって来た。

相模屋惣兵衛の別邸はすぐにわかった。別邸はかなり広く、その敷地内に大きな小屋が建っていて、『多幸園』という孤児たちのための暮らしの場としているのだ。

『多幸園』の裏手は原っぱになっていて、隅田川に続いている。

「あそこにいた」

男女の子どもたちの賑やかな声が聞こえて来た。若い女がふたりいて、子どもたちの面倒をみていた。

陽が翳《かげ》ってきたので、子どもたちは帰るのだ。ぞろぞろ、惣兵衛の別邸の裏門に向かう。大きな子もいれば、小さな子もいる。大きな子は幼い子の面倒をよくみていた。

ひとりの男の子が仲間たちから離れ、横丁のほうに行った。比較的体の大きな子だ。春吉に違いない。

角兵衛が言っていたとおり、春吉は稲荷社の前に座り、何事かを祈ってから、立ち上がった。

春吉が別邸に消えてから、多吉たちもその場から離れた。

それから半刻（一時間）後、三人は本所一ッ目の弁天近くにある一膳飯屋に入った。

「春吉がわかったか」

多吉が酒を注文したあとで、声をひそめてふたりにきいた。

「わかった。それに、稲荷に寄った帰りに襲うのだ。間違えっこねえ」

清五郎が自信たっぷりに言う。

「喜助、春吉は少し体が大きいが、だいじょうぶか」

「なあに、いくらでかいといっても子どもだ。籠に収まってしまう」

喜助は紙屑買いの姿で、さらった子どもの手足を縛《しば》り、猿ぐつわをかませて、籠に押し込んで運ぶのだ。

「それより、今度の仕事で最後っていうのはほんとうか」

喜助ががっかりしたようにきく。

「角兵衛ははっきり言った。確かに、もう江戸では危ないかもしれない。青痣与力も油断がならねえからな」

「そうか。これでおしめえか。いい商売だったがな」

清五郎も吐息を漏らした。

「そこよ」

多吉が意味ありげに顔を突き出すと、清五郎と喜助も身を乗り出した。

「このままじゃ、俺たちも寝覚めが悪いってものだ。いくら、相手に怪我をさせていないとはいえ、子どものかどわかしだ。それなのに、子どもたちがどうなるかもわからねえんだ。そこでだ」

多吉は表情を厳しく引き締め、

「俺たちは、子どもがどうされるのか、知る必要があるんじゃないのか。それより、陰で俺たちを操《あやつ》っている人間の正体だって知りたいと思わないか。あの角兵衛って野郎だって、背後の人間の命令で動いているに違いない。そうだろう。どうも、このままじゃ、納得がいかない」

「確かに、そうだ。だが、俺たちは最初から釘を刺されている。細かいことをいちいち気にするな、つまらないことに興味を持つなと」

清五郎が遠慮がちに言う。

「確かにな。だが、それを知ったらどうだ。金になるんじゃねえのか」

多吉が口辺に笑みを浮かべた。

「金に？」

「そうだ。角兵衛の背後にいる者を見つけ出したらどうなると思う。場合によっちゃ、まとまった金をとれるかもしれねえ」

「角兵衛を脅《おど》すのか」

「いや。角兵衛の背後にいる人間が相手だ。ひと攫《さら》いは重罪だ。少なくとも五十両、いや百両はふんだくれるはずだ」

「百両か」

喜助が目を輝かせた。

「そうだ。ひとり頭、三十三両だ。それだけあれば、しばらくぜいたくが出来るぜ」

多吉が言うと、清五郎は生唾《なまつば》を呑み込んだ。

「だが、どうやって、黒幕を調べるんだ」

「さあ、そこだ」

多吉が声をひそめた。向こうで職人らしき四人の話し声が大きいので、こっちも話を聞かれる心配はない。

「明後日、『田中屋』で、春吉のぶんの報酬とひとり頭十両をもらう。そのとき、ふたりは外で待ち伏せ、角兵衛のあとをつけるのだ」

「角兵衛がそんな隙を見せるか」

心配性の清五郎が不安そうに言う。

「まさか、俺たちがそこまでするとは思いはしないだろう」

「そうかな」

「だったら、俺ひとりでやる」

喜助が言うと、清五郎もあわてて、

「俺だってやるさ」

と、力んでみせた。

「よし、話が決まった」

多吉は覚えず自分でも不敵と思える笑みが口許に浮かぶのがわかった。

翌十六日。藪入りで、丁稚小僧たちが主人から小遣いをもらい、親元に帰ったりする。遠国出身の者は付添いの者に連れられて芝居見物などに出かける。

町には藪入りで帰ってきたらしい小僧たちの姿があちこちで目に入った。

多吉は煙草売りの姿で、七つ下がり（夕方四時過ぎ）に、深川熊井町に行った。そして、川岸に向かうと、子どもたちの賑やかな声がしてきた。『多幸園』の子どもたちだ。

十数名いる。引率しているのは若い娘がふたり。きのうの娘だ。

多吉から少し離れて清五郎が木陰に隠れている。喜助は、例の稲荷社の近くにいる。

子どもたちの面倒を見ている娘ふたりは、絶えず周囲に目を配っている。やはり、かどわかし事件のことがあるので、用心をしているようだった。

陽が翳ってきた。子どもたちが『多幸園』に引き上げた。子どもたちは皆、固まって歩いている。

途中、春吉だけが、列から離れた。ふと、ひとりの娘が心配そうに春吉を見送った。

春吉は横丁の稲荷に向かった。

多吉もあとを追う。稲荷社にやって来ると、春吉は祠《ほこら》に向かって何事かを熱心に祈っていた。離ればなれになった二親との再会を祈願しているのだろうか。

長い間手を合わせていたが、やっと春吉が立ち上がった。それから、急ぎ足で『多幸園』に向かった。

多吉はゆっくり歩き出した。喜助は紙屑買いの恰好で、大きな籠を背負っている。

辺りに目を配る。相模屋惣兵衛の別邸の裏手は寂しい場所だ。春吉が裏口に近づいたとき、多吉と清五郎はいきなり飛び出した。

あっと立ちすくむ春吉の口に手拭いを押し込み、ばたつかせている手足を縛り上げ、喜助のほうに向かった。

籠に押し込み、その上から布と紙をかぶせ、素早く、その場から離れた。その間、ほんの僅《わず》かな時間しか経っていない。

手慣れた鮮やかな手口だ。

川っぷちに行くと、目印の赤い布を垂らした提灯《ちょうちん》の明かりが目に入った。荷足船が待機していた。

喜助がそこに向かい、多吉と清五郎も途中で喜助と並んだ。

船から手拭いで頬かぶりをした男が出て来た。いつもの男だ。

多吉と清五郎が籠から春吉を出して、船底に運んだ。

それから岸に戻る。

船がゆっくり岸を離れた。その間、まったくの無言だった。

五

正月十七日、仕事始めである。玄関前には訴人や陳情者などが列をなしていて、奉行所もようやく日常の姿に戻った。

剣一郎は内与力の長谷川四郎兵衛に呼ばれた。また難癖をつける気だろうと、剣一郎は気が重かった。

部屋に行くと、宇野清左衛門も来ていた。

「青柳どの。また、ゆうべ、かどわかしがあった」

長谷川四郎兵衛が眦《まなじり》をつり上げて言った。

「なんと」

剣一郎は言葉を失い、宇野清左衛門の顔を見た。清左衛門は厳しい顔で頷《うなず》いた。

「これで、六人だ」

「して、どこで?」

「『多幸園』という場所で養われている男の子だ」

宇野清左衛門が答えた。

「相模屋惣兵衛のところの……」

剣一郎は膝に置いた手を握りしめた。

あれから、飴売りの男には巡り合えずにいた。

「青柳どの。僅か、数ヵ月の間に六名の子どもがさらわれたのだ。昨年末には、お奉行もご老中より、早急に犯人を捕まえよと言いつけられていた。お奉行もこれ以上の被害者は出さないとお答えになった。それなのに、またかどわかしがあったのだ。これでは、お奉行の面目は丸潰れ。いったいそなたたちは何をしていたのか」

長谷川四郎兵衛は唇を震わせた。

「申し訳ございません」

剣一郎は返す言葉がなかった。

「謝って済むことではない。もし、これで、子どもたちが殺されていようものなら、奉行所は世間の批判を一身に浴びることになるのだ」

「はっ」

剣一郎はただ頭を下げるしかなかった。

「青柳どの。よいか。今月中に目星をつけよ。もし、叶《かな》わぬときは、責任をとってもらう。よいな」

「お待ちください、長谷川どの」

たまりかねたように、宇野清左衛門が口をはさんだ。

「青柳どのは風烈廻り……」

「役目が違うというのでござろう」

清左衛門の言葉を、長谷川四郎兵衛は遮《さえぎ》って、

「しかしながら、もはや青柳どのは定町廻り同心らを指揮する立場にあられると解釈しておるが、いかがかな。お奉行も、青柳どのには、そこまで期待しておるのだ」

あまりにも無体な言いがかりとしか思えなかった。

なにしろ、長谷川四郎兵衛は剣一郎に敵愾心を持っているのだ。しかし、四郎兵衛の思いとは逆に、剣一郎の奉行所内での存在感はどんどん増してきた。宇野清左衛門はいずれ、剣一郎を年番方に抜擢《ばってき》しようとさえしているのだ。

そのことも四郎兵衛には気にいらないようだった。

「わかりました。必ず、今月中に目処《めど》をつけてみせます」

長谷川四郎兵衛に言われるまでもなく、この件は早く解決し、子どもたちを救い出さねばならないのだ。

手遅れになって、子どもたちが二度とわが家に戻れなくなる事態となってはならない。時が経てば経つほど、その可能性は大きくなるかもしれないのだ。

「よう言った、青柳どの。武士に二言はないな。今の言葉、この長谷川四郎兵衛、確かに聞きましたぞ。いいや、わしだけでない。宇野どのも聞いておった」

さんざん言いたいことを言って、長谷川四郎兵衛は部屋を出て行った。

「困った御仁だ」

宇野清左衛門が苦々しい顔をした。

「長谷川さまに言われるまでもなく、このことは早く解決させなければなりませぬ」

「うむ。すまぬが、頼んだ」

「はっ」

剣一郎が低頭すると、ふと宇野清左衛門は思い出したように、

「旗本の大柴源右衛門どののご用人から、やっと返事が参った。当家にて、姿の見えなくなった女中はいないということだった」

と、知らせた。

「そうですか」

磯七を殺した頓兵衛が才蔵として大柴源右衛門の屋敷に出向いたのは間違いない。

そこで、頓兵衛は女中を追いかけ回した。

しかし、殺された女は頓兵衛が悪さをした女中とは違うようだ。

午後になって、剣一郎は深川熊井町に行った。

相模屋惣兵衛の別邸の敷地内にある『多幸園』の小屋に行くと、お初《はつ》という娘が悄《しよう》然《ぜん》としていた。

そのお初の傍《そば》に、恰幅のよい羽織姿の男がいた。

足音に気づいて、その男が振り返った。頰がたるみ、好々爺《こうこうや》然とした男だ。

「青柳さま」

相模屋惣兵衛だった。

「かどわかしに遭ったそうだな」

剣一郎は確かめた。

「はい。まさか、うちでこのようなことに」

「いなくなったのは誰だ?」

「春吉でございます」

「春吉か」

何度かこの園には来ているので、剣一郎も子どもたちの顔はだいたい覚えていた。

春吉は明るい元気な子だった。

「夕方、川岸まで遊びに行ったその帰り、春吉はお稲荷さんにお参りに行ったそうです。そのまま、帰って来なかったのでございます」

「私がいけなかったのです。私が傍についていてやれば……」

お初が顔を手でおおって泣き出した。

「お初。おまえのせいではない」

惣兵衛がなぐさめる。

「お初。きのうのことを思い出してくれないか」

剣一郎は穏やかに声をかけた。

「きっと、誰かが見ていたはずだ。どんな人間でもいい。怪しいとは思えない人間でも、子どもたちを見つめていた者はいなかったか。よく、思い出すのだ」

「気がつきませんでした。変なひとがいれば、わかります。あっ」

「何か思い出したのか」

「はい」

お初は泣き腫《は》らした目を向けた。

「子どもたちを送り届けたあと、私が春吉を迎えに外に出たとき、川のほうに向かって紙屑買いの男が歩いて行きました」

「紙屑買いだと？」

「はい。背中に大きな籠を背負っていました。そういえば、そのあとを追うように、ふたりの男の姿が見えました」

その籠に春吉を押し込めて運んだのだ。川に向かったのは、船が待っていたのに違いない。

「金太郎飴売りの男を見かけてはないか」

「飴売りでございますか。いえ。でも、煙草売りの男がおりました」

「その男を見たか。耳たぶを見なかったか」

「いえ、遠目でございましたから」

「そうか。いや、お初。よく見ていた。きっと春吉を助け出してやる」

「青柳さま。やはり、春吉は一連のかどわかしに遭ったのでございましょうか」

惣兵衛が表情を曇らせた。

「そうに違いない」

「今の煙草売りの男とは？」

「今まで、いなくなった子どもの周辺に金太郎飴売りの男が出没していた。今度は、煙草売りに姿を変えたのであろう。かどわかしの一味に間違いない」

「そうでございますか」

「他の子にもよくよく注意をするように」

「わかりました」

惣兵衛は畏《かしこ》まって聞いた。

「お初、すまぬが、春吉がお参りした稲荷に案内してくれないか」

「はい、畏まりました」

お初の案内で、剣一郎は別邸の裏手から出て、原っぱを抜けて、町家の中にある小さな稲荷社に辿り着いた。

なるほど、別邸からでは途中人通りのない所を通らねばならない。

「春吉はここで何を祈願していたのかな」

剣一郎は疑問を口にした。

「おとっつあん、おっかさんに会いたかったんじゃないでしょうか。春吉は二親《ふたおや》がどこかで生きていると信じていましたから」

「親が恋しかったのか」

剣一郎の質問に、お初は、

「あの」

遠慮がちに切り出した。

「なんだね。気がついたことがあったら、どんな些細《ささい》なことでもいいから話してごらん」

「はい」

それで決心がついたように、お初が口を開いた。

「春吉がなんで、急にお稲荷さんにお参りするようになったのかが、わからないのです」

「ほう、どういうことだ？」

「はい。前までは、皆いっしょに『多幸園』に帰って来ていたんです。それなのに、数日前から、突然、きょうはちょっとお稲荷さんにお参りしてから帰ると言い出して」

「春吉のほうから言い出したのか」

「はい。だから、私がついていこうかときいたら、こういうのはひとりでなければだめだからと言って」

「こういうのはとは？」

「お稲荷さんへのお願いだと思います。二親に会えるようにとお願いするには、ひとりでないと効き目がないと」

「妙だな」

なぜ、春吉は急にお稲荷さんへのお参りが日課のようになったのだろうか。二親に会いたいという思いが突然芽生えたわけではあるまい。

「最近になって、春吉は二親の手掛かりを得たということはないのか」

剣一郎は、誰かに親のことを聞かされたのではないかと思ったのだ。

「いえ、そのようなことは言っていませんでした」

「誰かが、願かけをすると、二親に会えるとでもそそのかしたのだ」

それが、かどわかしの一味かどうかはわからない。が、春吉は二親のことを聞かされた。それで、お稲荷さんにお参りをはじめたのだ。

そのことが、今回のかどわかしに繋《つな》がってしまったのだ。

「青柳さま。どうか、早く、春吉を助けてください。あの子は、体は大きいほうですけど、気の小さな子なんです」

「きっと助け出す。お初は自分を責めるではない。よいな」

「はい」

お初は目に涙をためて頷いた。

肩を落として引き上げて行くお初を見送り、剣一郎は改めてかどわかしの一味に指先まで震えるほどの怒りを覚えた。

六

その日の昼下がり。多吉は一膳飯屋の『田中屋』で角兵衛が来るのを待った。

きょうは客がない。小女が板場のほうで、暇《ひま》そうにしている。

客が入って来たが、角兵衛ではなかった。すると、急に不安になった。

仕事は終わったのだ。だとしたら、このまま角兵衛がやって来ない可能性もあるのだ。そうすれば、俺たちに金を渡さずに済む。

ちくしょう、と多吉は顔をしかめた。

が、そのとき、暖簾をかきわけて、角兵衛が顔を出した。多吉はかえって呆気《あっけ》に取られた。

「どうした、そんな顔をして」

向かいに腰を下ろしてから、角兵衛がきいた。

「いや、なんでもねえ」

多吉はあわてて言う。

「どうやら、俺が来ねえんじゃないかと不安になっていたな」

角兵衛は笑った。

「酒をもらおうか。熱くしてくれ」

角兵衛は小女に言う。

顔を戻し、

「ほれ。約束のものだ」

と、角兵衛が懐から懐紙に包んだものを出した。

「じゃあ、遠慮なく」

多吉は手を伸ばした。

手にしてから、多吉は顔色を変えた。

「三両じゃねえか。すべての仕事を終えたあと、ひとり頭十両をくれるという約束だ」

多吉は低い声で文句を言った。

「心配するな。あとで渡す」

「あとでだと」

角兵衛は運ばれてきた酒を手酌で呑み、

「そうだ。その前に、おまえたちによく言っておく」

と、どすの利いた声を出した。

「この前も言ったように、これでおめえたちとも縁切れだ。たとえ、町中でばったり会ったとしてもお互いに他人だ。いいな」

「わかっている」

「よし、その約束が出来るなら、三十両を渡す。この金はもうお互い他人だという手切れ金だ。いいな」

「わかった」

「よし。じゃあ、明日の夜、暮六つ（午後六時）に、押上《おしあげ》村の春慶《しゅんけい》寺の山門に来い。そこで、三十両を渡す」

「間違いないんだな」

多吉は確かめた。

「間違いない」

角兵衛が酒を呑み干すと、もう用は済んだとばかりに立ち上がった。

「角兵衛さん。いいぜ、ここは払っておく」

「そうかえ。じゃあ、明日だ」

角兵衛は店を出て行った。

三十両を手に入れるだけではもの足らない。あとは清五郎と喜助に任せた。うまく尾行をしてくれるか。

多吉は外に出た。空がどんよりとしていた。しばらく、降らなかったので、そろそろ雨になるかもしれない。

路地の角に、清五郎と喜助はいない。角兵衛のあとをつけたのだ。うまく行き先を突き止められるか。


朝陽が射し込んでいる。結局、雨にはならなかったようだ。

多吉は耳を澄ました。棒手《ぼて》振りの触売りの声がする。

多吉は起き出して、大きく伸びをしてから梯子段を下りた。

外に出ると、納豆《なっとう》売りが引き上げるところだった。

「おう、納豆屋」

多吉は呼び止めた。

「一つ、もらおうか」

「へーい」

長く伸ばした返事をした。まだ、十三、四の子どもだった。

藁《わら》で包んだ納豆を買いながら、自分がかどわかした子どもたちはいったいどうしているのだろうと思った。

台所でご飯をもらって二階に上がった。

納豆で朝飯を食っていると、梯子段を上がって来る足音がし、男が顔を出した。

「喜助じゃねえか。何かあったのか」

多吉は不審を抱いた。喜助がここにやって来るのは珍しい。それに、箕輪からだと、ずいぶん早く起きてやって来たようだ。

多吉の前にやって来て、喜助が低い声で言った。

「ゆうべから、清五郎が帰って来ないんだ」

「なに、帰っていないだと」

きのう、ふたりで尾行していたが、途中から清五郎はひとりでつけて行った。

喜助は先に引き上げたが、清五郎は夜になっても戻って来ない。何か間違いがあったのではないかと、喜助は心配した。

今、清五郎は喜助の家でいっしょに住んでいるのだ。

「ひょっとして、塒《ねぐら》を見張っているのかもしれない。もう、しばらく待ってみよう。それより、角兵衛がきょうの暮六つ（午後六時）に、押上村の春慶寺山門前に来いとさ。そこで三十両を渡すという」

「なぜ、そんなところに」

喜助が顔をしかめた。

「まさか、そこで、俺たちを始末しようって言うんじゃないだろうな」

「おいおい、清五郎の心配性がうつっちまったんじゃないのか」

多吉が笑ったが、その笑いも長続きしなかった。

「どうした？」

喜助が訝《いぶか》しげにきいた。

「いや。それまでに清五郎が帰ってくるといいんだが」

多吉に微《かす》かな不安が芽生えていた。漠然としたものだが、いったん不安に襲われると、悪いほうへと物事を考えがちだった。

「もし、清五郎が尾行に失敗したら」

多吉が不安を口にした。

「清五郎の奴、いったい何をしているんだ。ともかく、今夜、春慶寺に行く」

喜助もいらだって言う。

「ああ。こうしよう。本所の報恩寺《ほうおんじ》橋の袂《たもと》で、暮六つのちょっと前に会おう。清五郎も連れて来い」

引き上げる喜助に清五郎の分も合わせ今回の二両を渡すと、多吉は声をかけた。

昼前に、多吉は『蓬萊家』に行った。

そこの亭主に、多吉は残りの金は今月末に持ってくると話した。お久の身請けのことだ。だが、実際には金は少し足りない。いざとなれば、清五郎と喜助から不足分を借りるつもりだった。

それから、お久の部屋に上がった。

「きょうは早いのね」

「ああ、なんだか、顔が見たくなったんだ」

お久が表情を曇らせた。

「また、危ない真似《まね》をしたんじゃないんですか」

「お久さんが心配することはない」

ふつうだったら、たとえ貧乏であろうと御家人の妻女として暮らしていたであろうに、つい過ちを犯したために、泥水に身を沈めるようになったのだ。

皆、俺が悪いのだと、多吉は胸を痛めた。

多吉はふとんに入る。お久もとなりに入ってきたが、多吉は背中を向けた。

お久のため息が聞こえた。

「少し、寝る」

多吉が目を閉じた。

多吉はここでお久を決して抱こうとしなかった。お久を娼妓として抱きたくないのだ。晴れて、身請けをした上で、お久を抱くのだと決めている。

うとうととして目を覚ました。

鏡の前で、お久が崩れた髪を直している。多吉は煙草盆を引き寄せ、火を点《つ》けた。

腹這いになって煙草をくゆらせていると、鐘が鳴り始めた。

「あれは……」

「七つ（午後四時）よ」

「おう、こうしてはいられねえ」

多吉は褌のまま飛び起きて、着物を羽織った。

「もう、行ってしまうんですか」

お久が驚いてきく。

「仕事なんだ。お久さんが自由の身になったら、江戸を離れ、ふたりで暮らそう。そのためには、稼がなきゃな」

「無理しないで」

お久は心配そうに言った。

「無理なんかしちゃいない」

「でも、なんだか胸騒ぎが」

お久が表情を曇らせ、多吉の手をとった。

「心配はいらない」

お久に見送られて、多吉は店を出た。

多吉はもう少し金が欲しい。そのためには、今夜、まず三十両を手に入れなければならないのだ。

赤坂から虎《とら》ノ門《もん》、日本橋、神田から両国広小路に出て、両国橋を渡った。一刻（二時間）近く歩き詰めだった。その頃になると、だんだん辺りも暗くなって来た。

渡り切ったとき、橋の下が騒がしかった。土左衛門だ、と野次馬が駆けて行く。

多吉は瞬間、脳裏を清五郎の顔が掠《かす》めた。急いで、橋の下に向かった。

すでに死体は岸に上げられていた。提灯の明かりに、筵《むしろ》が照らし出されている。

多吉はなんとか顔を確かめたかった。

岡っ引きがいたので、多吉は声をかけた。

「親分さん。じつはあっしの知り合いの清五郎という男がゆんべから帰ってねえんです。まさかと思いやすが、ちょっと確かめたいのです」

小肥りの岡っ引きは、

「よし、いいだろう」

と、筵をめくった。

青白くなった顔が覗いた。清五郎はもっと丸顔だ。それに、この男は顔も毛むくじゃらだ。

「どうだ?」

「ひと違いでした」

「そうか」

岡っ引きはがっかりしたようだ。

多吉はその場から離れた。

清五郎ではなかったことに安堵したものの、まだ心の臓は騒いでいる。

ようやく報恩寺橋までやって来た。

喜助が先に来て待っていた。

「遅くなってすまなかった」

多吉は息をはずませ、

「清五郎は？」

と、きいた。

「まだ戻っていないんだ」

喜助が心配そうに言う。

「なんだと」

多吉の胸に不安が広がった。

「何かあったな」

多吉はさっきの死体を思い出した。

「まさか」

喜助が怯えた声を出した。

「尾行が見つかったのだ。どこかにとらわれているか、それとも……」

　そのとき、暮六つの鐘が鳴り始めた。

「約束の刻限だ。春慶寺に行かないと」

　喜助が歩き出したのを、

「待て」

　と、多吉は呼び止めた。

「念のためだ。裏から近づいてみよう」

　多吉の真剣な顔つきに、喜助は頷いた。

「よし」

　ふたりは横川《よこかわ》沿いを北に向かい、小梅《こうめ》村を突っ切り、春慶寺の裏手にまわった。

　裏口を見つけ、そこから境内《けいだい》に入った。暗がりにまぎれ、庫裏《くり》から本堂のほうに出て、山門に向かった。

　すると、数人の男たちが門の内側にたむろしているのがわかった。柄の悪い連中だ。ふたりは、すぐに植込みの中に隠れた。

「やっぱし、そうだ」

　多吉は愕然《がくぜん》とした。

「角兵衛は、用済みの俺たちを始末する気なのだ」

「ちくしょう」

喜助も怒りをぶつけた。

「このままじゃ、すまされねえ」

多吉は拳《こぶし》を握りしめた。

「どうするんだ?」

「こっちが現れなければ、奴らは引き上げる。そのあとをつけるんだ」

「危ない。清五郎のこともある」

「だが、このまま逃げるわけにはいかねえ。向こうが汚ねえ真似でくるなら、こっちだって闘ってやる」

多吉は下腹に力を込めた。

山門の外に、ちらっと角兵衛らしき男の姿が見えた。どうやら、行ったり来たりしているようだ。約束の刻限から四半刻(三十分)ほど経っている。角兵衛は焦《じ》れているのに違いない。

それから、四半刻近く経って、角兵衛が門をくぐり、境内に入って来た。数人の男たちが角兵衛のもとに集まった。

何事か囁《ささや》いている。やがて、男たちは山門を出て行った。

角兵衛ひとりが山門に佇《たたず》んでいた。なぜだ、なぜ、角兵衛は残っているのだ。

「どうする気だろう」

喜助がきいた。

「まだ、俺たちを待っているのか。おやっ、動いた」

角兵衛が門を出て行った。

「どうする？」

「あとをつけるんだ」

「危ないぞ」

「奴らは、最初から、用済みになったら俺たちを殺《や》るつもりだったのだ。むざむざと殺されてなるものか」

多吉は臆《おく》することなく言った。

角兵衛の姿が見えなくなった。

「行くぞ」

多吉は植込みから出た。

山門を出ると、角兵衛は西に向かっていた。月明かりが黒い影を浮かび上がらせている。つけられているとは思っていないようだ。

角兵衛は四ッ目通りに出て、そのまままっすぐに竪川《たてかわ》のほうに向かった。両側に田畑が広がっている。多吉と喜助は少し離れてあとをつける。

月が叢雲《むらくも》に見え隠れしていて、前を行く角兵衛がときおり闇に溶け込んでしまう。そのたびに、あわてて相手との距離を縮めた。

角兵衛は四ッ目橋を渡ったところで、一瞬立ち止まった。が、そのまままっすぐに畑地の中を南に向かった。

「妙だな」

多吉はふと警戒心を呼び起こした。

「なんだ」

「清五郎のこともある。角兵衛は尾行に気づいているんじゃねえのか。気づいていて、俺たちをどこかに誘《おび》き出そうとしているのだ」

「まさか」

「いや。さっき、四ッ目橋を渡ったあと、立ち止まった。あれは、尾行を確かめたに違いない。山門に佇んでいたのも、俺たちの動きを読んでいたんだ。ちくしょう。これ以上は危険だ」

本能が危険を感じ取っていた。

「清五郎の尾行に感づくぐらいだ。俺たちの尾行はとうに気づいているはずだ」

「ちくしょう」

ちょうど月が叢雲に隠れ、辺りは漆黒《しっこく》の闇と化した。

「喜助。ともかく逃げるんだ」

多吉と喜助は踵《きびす》を返すや、四ツ目橋まで一目散に駆け出した。

七

剣一郎は橋番屋に入って行った。すでに、川から引き上げられ、死体は橋番屋に運ばれていた。

「心の臓を一突きです。ですが、青柳さま。これをご覧ください」

植村京之進が自ら死体をおおっている筵をめくった。

百目《ひやくめ》蠟燭《ろうそく》の明かりが不気味に死体を浮かび上がらせた。

死体は水を飲んでいない。心の臓に鋭い傷があり、死後に川に落とされたことは歴然としている。

全身毛むくじゃらで、手足も毛が多い。が、剣一郎は右手を見て、あっと声を上げた。

「右手が切り落とされているな」

「あの女中ふうの女と同じです」

小塚原で殺された磯七、それから、まだ身元のわからない女中ふうの女、そして、この男と、皆同じ下手人だ。

「いったい、何のために腕を切り取るのでしょうか」

京之進は不快げに言う。

伊達や酔狂でのことではないだろう。そうする必要があったのだ。たとえば、腕に痣や黒子《ほくろ》などの目立つ特徴があり、そこから身元がすぐに判明してしまう。そのことを避けたかったのかもしれない。

下手人は磯七のことをよく知っており、また少しは才蔵の素養もあったことから、磯七の故郷下総古河の人間の可能性が高い。すると、女中ふうの女もこの男も共に下総古河の人間とも考えられる。

「下総古河からの返事はまだか」

「はい。まだでございます」

「この男のことも、問い合わせたほうがよいかもしれないな」

剣一郎がそう言ったとき、橋番屋のおやじが遠慮がちに声をかけた。

「青柳さま」

「なにか」

「この男。本所回向院《えこういん》前にある『駕籠政《かごまさ》』にいた駕籠かきの権八《ごんぱち》という男によく似ております」

「権八だと」

「はい。酒を呑んではしょっちゅう喧嘩沙汰《けんかざた》を起こす乱暴者でした。この男は、三年前の夏、回向院前の水茶屋で大喧嘩をして相手に大怪我を負わせ、江戸所払いになっていたはずですが」

「駕籠かきの権八か」

剣一郎は京之進に目配せをすると、京之進は小者に『駕籠政』に行かせた。

回向院前の水茶屋で、女の取り合いから鳶《とび》の者と喧嘩になり、腕力に勝る権八は相手を叩きのめした。

すぐにお縄になり、江戸追放の刑を受けたのだという。

しばらくして、半纏《はんてん》姿の中年男がやって来た。

「あっしは『駕籠政』の番頭ですが」

「ご苦労」

京之進が応じて、

「この死体を見てくれ」

「へえ」

番頭はおそるおそる死体に近づいた。

小者が筵をめくる。

覗き込んだ番頭は叫んだ。

「あっ、権八だ」

「権八に間違いないのか」

江戸追放になっていた権八が江戸に舞い戻っていたのだ。

「権八には親しい女がいたか」

剣一郎は番頭に声をかけた。

「かなり女好きでした。毛むくじゃらがたくましいと思うのか、権八になびく女もそこそこいたようです」

「三年ぶりに、江戸に舞い戻ったのだろうか」

剣一郎がきくと、番頭がすぐに否定した。

「じつは、権八と神田明神でばったり出会ったことがあります」

「いつ頃のことだ？」

「半年前です」

「半年前？」

「去年の夏の終わり頃だったと思います。そのときの権八の姿は中間《ちゅうげん》ふうの恰好でした」

「なに、中間？」

「私の顔を見て、すっと姿を隠しましたが、どこかの旗本屋敷の中間部屋にでも隠れ住んでいるのではないかと思ったのですが」

先に左腕を切り取られて殺された女も武家屋敷の女中のようだった。ふたりは同じ屋敷にいたに違いない。

かどわかし事件に進展がないまま、また新たな殺しが発生し、剣一郎は覚えずため息をついたが、この殺しのほうは何かが見え始めたような気がした。

第三章　襲撃者

一

義平《ぎへい》が荷物を整理していると、

「ちょっといいかえ」

と、角兵衛が部屋に入って来た。

ここは、深川亀久《かめひさ》町にある角兵衛の妾《めかけ》の家だ。

「おや。何をしているんだ？」

荷物をまとめているのを見て、角兵衛は驚いたようにきいた。

「用事を果たしたので、明日にでも帰ろうと思っている。何かと世話になったな」

五年前まで、上州から野州などで暴れ回っていたときの仲間だ。ふたりで賭場荒らしを中心に、ときには押込みまでもしたことがある。

上州のある寺で行なわれた賭場を荒らしたとき、どじを踏んで、博徒仲間や代官所の役人に追われる羽目になり、故郷を捨てたのだ。

ふたりで江戸に出て来たが、義平の手配書が江戸にも来ていたので、やむなく義平は江戸を離れたのだ。義平はひとを何人も殺していた。

このたび、江戸に来ることになって、角兵衛を探したら、案外とあっさり見つかり、角兵衛の妾の家で厄介《やっかい》になることになったのだ。

妾の家に居候するのを許したのは、義平の男が役に立たないことを、角兵衛は知っているからだ。

六年前に、義平は股《また》の下を匕首《あいくち》で刺され、傷は治ったものの、もう二度と女を抱けない体になっていたのだった。

人一倍女好きだったのに、女を抱く喜びを永久に味わうことが出来なくなったのだ。

それから、義平はひとを殺すことに喜びを覚えるようになったのだ。そのことを、角兵衛は知っている。

「そうか。もう、帰るのか」

「ああ。お房《ふさ》さんにも世話になった」

お房は角兵衛の妾だ。

「ところで、その荷物は何なんだね」

角兵衛はあぐらをかき、義平の背後にある品物に顎《あご》をしゃくった。

「これは、久米蔵《くめぞう》親分への土産《みやげ》だ」

久米蔵は、江戸を離れた義平の面倒をみてくれた男である。博打打ちであるが、十手も預かっているという男だった。

「ずいぶん、大量の塩を使ったが、そいつはひょっとして」

角兵衛が鋭い目をくれた。

「さあ」

義平は曖昧に笑ったが、角兵衛は櫃《ひつ》の中身に予想がついているようだった。

「早く届けないと腐っちまうのでね」

義平は平然と言い、

「久米蔵親分は、痛風が酷《ひど》くなって寝たきりだ。この土産を心待ちにしている。これで、少しはよくなるかもしれねえ」

義平は喉の奥で声を殺して笑った。

煙草《たばこ》入れを出し、煙管《きせる》に刻みを詰め込みながら、

「頼みがあるんだが、帰る前に一仕事しちゃくれねえか。その荷物、責任もって俺の

手下に久米蔵さんのところに運ばせる」

と、角兵衛は義平が断らないと決めつけたように言う。

「目障《めざわ》りな人間がふたりいるのだ。そのふたりを消してもらいたい」

角兵衛は変わらぬ口調で言い、煙管を口に持っていった。

「なぜ、おめえがやらないんだ」

「俺の手の者じゃ頼りないんだ。じつは、ひとり殺《や》ったんだが、手向かいされて往生した。幸い、人通りのない場所だったからよかったが、あんな調子では失敗してしまいそうだ。その点、おめえの腕なら」

角兵衛が煙管を吸って煙を吐き出してから、

「ひとり五両、いや十両出そう。ふたりで二十両」

と、気を引くように言う。

「二十両か」

義平は悪くないと思った。ひとを殺せる上に、金までもらえるのだ。

「で、やる相手は？」

「多吉と喜助という男」

「多吉に喜助か」

自分とは縁もゆかりもない者だが、殺すことに何のためらいもない。

義平はにやりと笑った。また、匕首を扱えると思うと、ひとを刺したときの感触が蘇《よみがえ》って背筋がぞくぞくとした。

「赤坂田町に『麦飯』という岡場所がある。そこに、お久という娼妓がいる。これが、多吉に馴染みの女だ。そこに行けば、多吉を見つけ出せる」

「お久だな」

義平は一度その女を買ってみようと思った。

「喜助は箕輪に住んでいる。だが、向こうから動いてくる。それを待てばいい」

ふたりのことは調べ上げているようだ。

「わかった。じゃあ、この荷物、確かに、預けたぜ。間違いなく、頼む」

「任しておいてくれ」

その手配をするために、角兵衛は部屋を出て行った。

ひとりになると、義平は匕首を抜いた。窓からの陽光を受けて、刃先が光った。

二

小川町の旗本大柴源右衛門の屋敷を見通せる場所に立ち、剣一郎は編笠の内から門前を見つめた。文七もいっしょだった。

三千石の大身だけに、屋敷の敷地は一千坪はゆうに越えている。

南側の通りに面して長屋門があり、家来の住む長屋が門の左手に並んでいる。家来も五十人ほどはいるのであろう。その他に、女中や下女、下男などの奉公人もいるのだ。

大柴源右衛門は地方《じかた》取りで、収入は支配地からの年貢である。大柴源右衛門の支配地は関東周辺と中部地方にも飛び地としてあった。

これらのことは、年番方与力の宇野清左衛門から教えてもらった。なにしろ、宇野清左衛門は武鑑をすべて諳《そら》んじているという物知りだった。

「誰か出て来ます」

文七が小声で言った。

脇門から用人らしき年配の武士が出て来たところだ。宇野清左衛門が言っていた、村田弥三郎《むらたやさぶろう》という用人に違いない。若い侍もいっしょだった。

ふたりは神田川のほうに歩いて行った。

再び、門が閉まった。

「裏にまわってみよう」

剣一郎はその場を離れた。

両国橋下で見つかった権八は江戸所払いの身だったのだ。それが、江戸に入り込んでいた。

追放は、江戸には住めないが、旅の途中だと言えば江戸を通過することが出来るという抜け道があった。

そのために、どこかの旗本屋敷の中間部屋にもぐり込み、外出の際には草鞋《わらじ》履《ば》きで旅の恰好をしていれば言い訳がきくのだ。

権八もどこかの旗本屋敷に隠れていた形跡がある。それが、大柴源右衛門の屋敷ではないのか。

権八と同じように片腕を切り取られて殺されていた女の身元の照会に対して、大柴家からは、当屋敷とは無縁の者という返事があった。だが、磯七に成り代わって才蔵として沢市太夫にくっついていった頓兵衛なる者の妙な動きを考えると、大柴源右衛門の屋敷と無関係とは思えないのだ。

しかし、そうだとするとなにゆえ、女の身元を隠すのか。大柴家からみれば、たかが奉公人の問題ではないのか。

塀沿いを裏にまわった。馬を飼う小屋が続き、その先に裏門があった。

そこでしばらく待った。中間でも出てきたら、権八のことを確かめるつもりだったが、誰も出て来る気配はなかった。

「青柳さま。あとはあっしが」

文七が言った。

「では、頼もう」

あとを文七に託して、剣一郎はその場を離れた。

文七は浅草元吉町から姿を消した三人を追い、箕輪町や周辺の百姓家にまで足を向けたが、三人の痕跡を見出すことは出来なかったのだ。

夜になって、三人は元吉町を出たのだ。それほど遠くない場所に、次の隠れ家があったはずだ。

いったい、どこに消えたのか。

剣一郎は神田川に出て、川沿いを下り、途中で舟を拾った。

舟に揺られながら、剣一郎は土手を眺めた。だんだん正月の雰囲気は薄らいでいるが、上空に凧が上がっている。

この正月は、表で子どもたちだけで遊ぶ姿がめっきり減った。必ずおとながついていない限り、子どもたちは外では遊ばないのだ。

ひと攫《さら》いの噂は江戸の隅々まで広まっているのだ。腕を切り取られた死体といい、新春から世間は奇怪な事件の頻発に、おののいている。

世間の風当たりも強く、お城では、お奉行が老中に連日のように責められているという。当然、長谷川四郎兵衛からは剣一郎や同心たちに厭味《いやみ》が浴びせられることになる。

舟は隅田川に出て、永代橋《えいたいばし》を潜ってから、熊井町の船着場に着いた。

剣一郎はそこから、『多幸園』に向かった。

春吉がかどわかされたあと、子どもたちが川縁まで遊びに来ることはなくなったらしい。子どもたちの面倒をみていたお初が元気をなくしているという。

剣一郎は原っぱを突き抜けて、相模屋惣兵衛の別邸に向かった。

敷地内にある『多幸園』から子どもたちの声が聞こえた。だが、どこか元気がないように感じられた。

洗濯物を取り込んでいたお初が剣一郎に気づいて、洗濯物を抱えたまま、傍までやって来て、

「青柳さま。春吉の手掛かりは摑めたのでしょうか」

と、必死の形相できいた。

「いや。まだだ」

剣一郎は力なく言う。

「そうですか」

お初はがっかりしたようにため息をついた。

「その後、何か変わったことはないか」

剣一郎は改めてきいた。

「いえ、特には……」

「どんなことでもいい。些細なことでも、気がついたことがあったら教えてくれ」

「関係あるかどうかわかりませんけど、きのう、瓦版《かわらばん》で事件を知ったという男のひとに春吉のことをきかれました」

お初は自信なさげに口を開いた。

「何をきかれたのだね」

「はい。春吉が稲荷にお参りしていたのは以前からかと」

「で、なんと答えた」

「ここ数日ですと。そしたら、どうして、稲荷社にお参りするようになったのだときいてきました」

「なに？」

妙だと思った。読売が事件のことを報じているが、そこまで詳《くわ》しく書いてはいない。この男はずいぶん詳しいようだ。

「どんな男だ？」

「色の浅黒い、痩せ型のひとでした。そうそう、ずいぶん耳の大きなひとでした」

「耳が大きいとな」

念のために、剣一郎は人相書きを見せた。飴売りの扮装だから、頭に手拭いを被《かぶ》っている。お初が見た男とは印象が異なるかもしれない。だが、耳に特徴があるのだ。

じっと人相書きに目を落としていたお初は緊張した顔を上げた。

「似ています」

「似ているか」

「はい。よく似ています」

剣一郎は困惑した。

この男がかどわかしの主のはずだ。だとしたら、その主がなにゆえ、そのようなことを訊ねるのか。

もっとも似ている人間は何人もいる。お初に声をかけた男と飴売りの男は別人なのであろう。

もし、別人だとすれば、その男は何者なのだろうか。

「その他に、何かきかれたか」

「はい。角兵衛という男を知らないかと」

「角兵衛？」

「はい。三十半ばで、体の大きなひとだそうです」

「で、知ってるのか」

「いえ。角兵衛という名前は聞いたことがありません」

お初は怯《おび》えたように答えた。

向こうのほうで、子どもの呼ぶ声が聞こえた。

「すみません。失礼します」

洗濯物を抱えて、お初は駆けて行った。

お初に声をかけた男が何者かわからないが、その男は何かを知っているようだ。

改めて、手にしていた似顔絵を見た。その男が、飴売りの男と同一人物だとしたら……。剣一郎は頭の中を整理するように顔を空に向けた。

空高く、ひばりが鳴き声を上げて飛んでいた。

三

春の陽射しを受けて田畑のそこかしこで水が光っている。多吉と喜助は、四ッ目橋を渡り、先夜、角兵衛が引き上げて行った道にやって来たのだ。ふたりとも、百姓の身形《みなり》をしていた。

清五郎もきっと角兵衛を尾行して、この道を通ったはずだ。未《いま》だに、清五郎が帰って来ないのは、尾行に失敗をしたからとしか考えられない。

寺の山門が見えて来た。そのまままっすぐ行くと、やがて小名木川に突き当たった。

角兵衛はここからどっちに行ったのか。多吉は辺りを見回した。この界隈《かいわい》は、大名の下屋敷の多いところだ。川の向こうは、江戸の町のごみを埋め立てて作った土地で、十万坪と呼ばれている。草木が鬱蒼《うっそう》とした場所で、昼間でも通るひとは少ない。

ふといやな匂いを風が運んで来た。一瞬だったが、堪《こら》えきれないような臭気だ。

十万坪に煙が上がっていた。

「極楽寺《ごくらくじ》だ」

多吉は煙を見ながら、体が冷えていくのを感じた。十万坪に隠亡《おんぼう》堀という不気味な名の堀があり、その近くに火葬場として有名な極楽寺があるのだ。

清五郎が殺されて、死体が焼かれたのではないかという想像が頭をかすめたのだ。

火葬にするには、ちゃんとした手続きが必要だろうから、そんな心配はないと思うが、いやな匂いと火葬場という不気味さが、そんな想像をさせたのだ。

いや、火葬にされずとも、十万坪のどこかに埋められたら、ちょっとのことではわからないのではないか。そう思うと、清五郎は殺され、どこかに埋められているような気がしてならなかった。

「まさか、清五郎はあそこに……」

突然、喜助が呟《つぶや》くように言った。喜助も同じことを考えていたようだ。

「俺も、そんな気がしてならねえ」

多吉は自分の声が震えを帯びていたことに気づいた。

そのまま引き返せない何かがあった。

「行ってみねえか」

喜助が言った。

「よし」

小名木川沿いを大回りして、十万坪に向かう。

荒涼とした場所だ。樹が茂り、昼でも鬱蒼としている。立ち入るのに勇気がいる雰囲気の場所だ。

いきなり、野犬が吠え出した。一匹だけではない。数匹が一斉に鳴き始めた。何かを見つけたらしい。

ふたりは顔を見合わせてから、犬が騒いでいるほうに駆け出した。

隠亡堀から少し離れた場所だ。昼間でも鬱蒼とした中を、草木をかきわけて行く。土がじめじめした感じだった。

多吉と喜助は途中で拾った石ころと棒を使って、犬を追い払い、犬が騒いでいた場所に近づいた。

背の低い樹間をかきわけて行くと、草むらに何かが横たわっていた。男の死体だ。春の暖かい陽射しが、その死体に当たっていた。

「清五郎」

喜助が叫んだ。

死後数日が経過していたようだが、初春なので、まだ空気は冷たく、それほど腐敗は進んでいなかった。

清五郎に間違いなかった。顔のあちこちに殴られた痕《あと》があり、体にも刺し傷が幾つかあった。

「ちくしょう」

多吉は拳《こぶし》を握りしめた。

「きっと仇《かたき》をとってやるぜ、清五郎」

「俺たちが死体を見つけたのも、何かの導きかもしれねえな」

喜助がしんみり言う。

しかし、いつまでもここにいるわけにはいかない。誰かに見つかったら、面倒だ。

「行くぞ」

清五郎の亡骸《なきがら》に合掌してから、多吉は喜助を促《うなが》し、その場から離れた。

仙台堀に出て、石島町《いしじまちょう》の自身番に顔を出した。

「十万坪で、野犬がやけに騒いでおりやした。ともかく尋常な様子じゃありやせん。

ちょっと調べてみたほうがいいかもしれませんぜ」

そう言い、多吉と喜助は自身番から離れた。

清五郎の亡骸を思い出し、胸が切なくなった。

清五郎は多吉が御家人の三村猪之助《みむらいのすけ》の屋敷に中間奉公をしているとき、隣の屋敷で奉公していた男だ。

喜助をいれて三人は、同じ口入れ屋から渡り中間として屋敷奉公をしていたのだ。

途中、町方らしき男がいると、足の向きを変えながら、ふたりは熊井町にやって来た。

相模屋惣兵衛の別邸に向かいかけて、多吉ははっとして路地に身を隠した。

『多幸園』から編笠をかぶった侍が出て来た。町方の者かもしれず、多吉は用心に用心を重ねたのだ。

自分が青痣与力に目をつけられていることは知っている。人相書きも作られているらしい。

だから、用心深くなっている。

だが、このまま引き下がるつもりはない。角兵衛は俺たちを始末するつもりなのだ。だったら、こっちも黙っているつもりはない。

ひと攫いの黒幕を見つけて、金をふんだくってやるのだ。多吉は、お久のためにもそう思った。

春吉という子どものかどわかしは、今までの場合と違っていた。

角兵衛が子どもが稲荷社にお参りをすることを知っていたことだ。

角兵衛は最初から狙っていて、春吉のことを調べていたようだ。きのう、子どもたちの面倒を見ている娘から聞き出したところによると、春吉が稲荷社にお参りするようになったのは最近のことだという。

なぜ、角兵衛は春吉を狙ったのか。多吉の結論は、角兵衛がこの『多幸園』をよく知っている人間だということだ。

『多幸園』の娘は、角兵衛という男を知らないと言った。だが、主人の相模屋惣兵衛なら知っているかもしれない。

惣兵衛が来ているかどうか。多吉が門内の様子を窺《うかが》っていると、先日の娘が外に出て来た。

「俺はあの娘に一度顔を晒《さら》している。おめえ、惣兵衛が来ているか、ちょっときいてきてくれ」

よしと、喜助が娘のところに向かった。

すぐに、喜助が戻って来た。

「来ていないようだ。それより、さっき出て行った編笠の侍は青痣与力だ」

「なんだと。そうか、危ないところだった」

多吉は肝を冷やした。

「『相模屋』は神田旅籠町らしい。行ってみるか」

「よし」

熊井町を引き上げ、ふたりは永代橋を渡った。

ふと、多吉は立ち止まった。

「どうした？」

喜助も足を止めてきいた。

「つけられているような気がする」

「なんだって」

喜助があわてて振り返った。

多吉も今来たほうを見た。橋の上にはひとが多い。丁稚のお供を連れた商家の主人、若い女のふたり連れ、印半纏《しるしばんてん》の職人、武士もいれば僧侶もいる。大道芸人が歩いて来る。

だが、どこにも不審な人物は見当たらなかった。

「見当たらないぜ」

「気のせいか」

小首を傾げ、ふたりは再び歩き出した。

神田川を和泉橋《いずみばし》で渡り、川沿いを西に向かい、ようやく、神田旅籠町にやって来た。

質屋の『相模屋』はすぐにわかった。大きな土蔵があり、屋根に駒形の看板がかかっていた。『相模屋』の前で立ち止まってから、

「じゃあ、俺が行って来る」

と、多吉はひとりで暖簾《のれん》をくぐった。

帳場格子に主人らしい男が座っていた。惣兵衛だろう。

「いらっしゃいまし」

主人は愛想よく迎えた。

「いえ、あっしは違うんでえ。ちと、つかぬことをお伺《うかが》いしますが」

ふと、惣兵衛の表情が変わったような気がした。ひょっとしたら、人相書きに思い

至ったのか。

しかし、いったん険しい表情になったことなどなかったかのように、惣兵衛はすぐに柔和な顔になった。

「角兵衛というひとを探しているんですが、心当たりはございませんか」

「角兵衛さん、ですか。いえ、知りません」

「三十半ばの大柄な男なんですが」

「はて、いったい、その角兵衛さんはあなたさまとはどのようなご関係で？」

「いえ、ちょっとしたことでして」

「どうも、そのような御方には心当たりはありませんが」

「ご主人の知り合いにもいらっしゃいませんか」

多吉はしつこくきいた。

「ええ、おりませぬ」

「そうですか。どうもすいませんでした」

がっかりして、多吉は外に出た。

喜助がいなかった。

「おい、喜助」

多吉は大声で探し回った。だが、喜助の姿はどこにも見えなかった。急に、不安が襲いかかった。

四

翌日、剣一郎は文七といっしょに深川に向かう舟に乗っていた。

十万坪で男の死体が見つかった。その男が、清五郎に特徴が似ていると、植村京之進が知らせを寄越したのだ。

舟は小名木川に入り、万年橋《まんねんばし》、高橋《たかばし》などの橋を潜った。そして、扇橋《おうぎばし》の傍で舟を下り、大名の下屋敷の間にある道から十万坪に向かった。

だだっ広い、鬱蒼とした十万坪に足を踏み入れると、岡っ引きの姿が目に入った。

その岡っ引きは剣一郎に気づいて、駆け寄った。

「こちらでございます」

岡っ引きの案内で現場に行くと、すでに植村京之進が来ていた。

「青柳さま」

「ごくろう」

死体が清五郎という男に似ているということだったが、もちろん、剣一郎も京之進も清五郎の顔を知らない。だが、元吉町の同じ長屋の住人から聞いた清五郎の特徴は尖《とが》った顎《あご》の先に小さな黒子《ほくろ》があるということだった。

そのことを京之進は覚えていて、剣一郎に知らせたのだ。

京之進はさっと死体の前を空けた。

「顔を見せてもらおう」

「はっ。おい」

京之進は小者に筵をめくるように命じた。

小者がめくると、顔を腫らした死体が出てきた。

文七もいっしょに眺めた。

「元吉町から姿を晦《くら》ました清五郎って男に特徴が似ています」

「確かに、黒子がある」

尖った顎の先に、確かに黒子があった。

「よし。さっそく調べさせよう」

剣一郎は京之進を呼んだ。

「この者、やはり、清五郎という男やも知れぬ。元吉町の長屋の者に、この死体を確かめさせるのだ」

「わかりました」

さっそく岡っ引きを呼んで、京之進は指図をしている。

剣一郎はもう一度、死体を見た。

明らかに殴られた痕があちこちにあった。剣一郎は次に、両腕を見た。腕を切り取られた死体を連続で見たせいか、つい腕を気にしたのだ。

だが、両腕は揃っていた。また、殺しの手口も違う。下手人は別人だ。

清五郎はかどわかし犯の一味と目されている男だ。その男がどうして殺される羽目になったのか。仲間割れが起こったのだろうか。

それと、清五郎がこの場所で殺された理由は何か。

単に、発見されにくいという理由から、死体の捨て場所に選んだだけなのか。それとも、この近くに奴らの隠れ家があるのか。

その可能性もあると思った。そういった目で周囲を眺めた。この辺りは下屋敷がたくさんある。また、田圃《たんぼ》もあり、百姓家も点在している。

「文七。少し、この辺りを歩いてみよう」

そう言うや、剣一郎は歩き出していた。文七があわててついて来る。

十万坪から東に行けば、新田が広がり、その一部に、大名の下屋敷が集まっている場所がある。

剣一郎は東に向かい、遠くにある橋まで行き、そこを渡って小名木川の対岸沿いを、今度は西に戻った。

深川上大島町を過ぎると、大島町、猿江町となる。

しばらく行くと、小名木川が横川と交差する。その横川沿いを乗物が北に向かうのが見えた。この近くの下屋敷からの帰りなのだろう。供のものも多く、大身の旗本のようだった。

乗物は竪川に向かって進んで行く。

おやっと、剣一郎は乗物を見送った。供の侍の横顔に見覚えがあった。確か、大柴源右衛門の上屋敷から出て来た若い侍に似ていた。

「あの侍」

剣一郎が言うと、文七も気づいたようだ。

「大柴源右衛門の屋敷から出て来た侍のようです」

「あの乗物からして、大柴源右衛門に違いない。この辺りに下屋敷があるのか。それとも、どこぞの屋敷を訪れての帰りか」

　剣一郎はこの偶然を何となく運命的に感じた。

　それは、沢市太夫の話があるからだ。才蔵役の頓兵衛が女中にふしだらな真似をした曰《いわ》くのある屋敷であり、また、その女中が頓兵衛と思われる男に殺されたからだ。大柴源右衛門はその女中のことを否定している。そのことも、なんとなく釈然としなかった。

「念のためだ。この界隈に、大柴源右衛門の下屋敷があるかどうか、調べてもらいたい」

「畏《かしこ》まりました」

　文七はすっと剣一郎から離れて行った。

　剣一郎は駕籠のあとをつけた。間違いなく、大柴源右衛門であるかを確かめるためだ。

　駕籠のあとを追い、剣一郎は両国橋を渡った。辺りは薄暗くなってきた。

　駕籠は郡代屋敷の脇を通り、柳原《やなぎわら》通りを入って行った。剣一郎もあとを追う。そのとき、土手のほうが騒がしかった。

　何かあったのだと察し、剣一郎は迷った。駕籠は遠ざかって行く。結局、剣一郎は駕籠を追うのを諦め、土手に上がった。

さらに川のほうを見ると、野次馬が集まっていた。夜鷹の姿もちらほら見えた。もう、夜鷹が出没する時刻なのだ。

「なにがあったのだ？」

編笠を上げて、剣一郎は青痣を見せてから岡っ引きにきいた。

「これは青柳さまで。じつは男の死体が見つかりました。心の臓を一突きにされていました」

「なんだと」

今度は心の臓を一突きだという。

「見せてもらう」

剣一郎は死体の傍に寄った。大柄な男だ。

見知らぬ顔である。心の臓を一突きだ。この鮮やかな手口は磯七と女中ふうの女、そして駕籠かきの権八につづく四人目だ。

頓兵衛という男の仕業か。

剣一郎は無意識のうちに両腕を見た。腕は揃っていた。

またも、剣一郎は首を傾げた。

見事な手口からは頓兵衛の仕業を彷彿《ほうふつ》とさせる。だが、頓兵衛だとしたら、なぜ、腕を切り取らなかったのか。もうひとり、磯七も腕を切り取られていないが、女中ふうの女と権八は切り取られている。

いったい、どういう区別があるのだ。

ふと、土手の上からこっちを見ているひとりの男に気づいた。薄暗いので、顔はわからないが、剣一郎の視線に気づくと、さっと顔を背《そむ》け、ひとの陰に隠れてしまった。

顔をはっきり確認することは出来なかったが、飴売りの男ではないかと思った。そう思ったのは、この死者が紙屑買いの恰好で子どもを連れ去った男ではないかと思ったからだ。

剣一郎はすぐに土手に上がったが、男の姿はとうになかった。

五

多吉は柳原の土手をひた走りに走った。途中で和泉橋を渡ると、神田川沿いを西に向かってやみくもに駆けた。

青痣与力に見つかったとは思えなかったが、あの野次馬の中に、殺し屋がいるかもしれないという恐怖心が生じたのだ。

走り詰めで、足が棒のようになり、つんのめるようになって立ち止まった。目の前に、湯島聖堂の塀が続いていた。

振り返ったが、つけている人間は誰もいないようだった。

清五郎に続いて、喜助が殺された。次は、俺の番だ。その衝撃に、胸が張り裂けそうだった。

きのう、『相模屋』を出たら喜助の姿がなかった。その夜、多吉は赤坂田町の『蓬萊家』に行くはずだった予定を変えて、喜助の住む箕輪に行った。

箕輪の町外れ、田圃のほうに行く途中に、真行寺《しんこうじ》という小さな寺がある。その寺の裏口から境内に入り、庫裏の裏手にある納屋《なや》のような小屋に向かった。

喜助が借りている小屋だ。そして、しばらく、清五郎も寝泊まりした場所だ。

その戸を開けてみたが、中は真っ暗だった。

喜助はまだ帰っていない。急に不安が胸を締めつけてきた。

そして、今朝になって改めて箕輪に行ってみた。やはり、喜助は帰っていなかった。それで、喜助を見つける手掛かりを得ようと、神田川沿いを歩いていて、この騒ぎに出会ったのだ。

殺されていたのが喜助だと知り、多吉は愕然とした。

角兵衛の仕業だ。俺たちを最初から始末するつもりだったのだ。ちくしょうと、唇が千切れそうになるほど噛みしめた。

少し落ち着いてから、川沿いをさらに西に進み、神楽坂から牛込通寺町にある古道具屋に戻った。

裏口から入ると、店先にいた老亭主が、

「多吉さん。昼間、変な男が来ましたよ」

と、しわがれた声で話しかけてきた。

「変な男？」

多吉は老亭主の前に顔を出した。

「多吉さんの住まいはここですかときいていました」

「どんなひとですね」

「三十前後の男のひとですね。のっぺりした顔だったけど、とっても怖い目つきをしていました」

老亭主は顔をしかめて言った。

勝手口で水を飲み、二階の部屋に落ち着いてから、多吉は妙な男のことを考えた。

ここに訪ねて来るような知り合いに心当たりはない。

恐怖が襲いかかった。殺し屋だ。ここを突き止めて、やって来たのだ。

多吉は立ち上がって、窓辺に寄った。しばらく息を凝《こ》らしてから、そっと外を見てみる。窓の下を職人体《てい》の男が通りすぎて行った。

どの人間を見ても、怪しい人物に思えてならない。どこからか、じっと様子を探っているような気がしてならない。

ここにいては危険だ。逃げろという声が、耳元で聞こえたような気がした。

多吉は押入れの天井裏から隠してあった金を取り出し、ここを出る身支度を整えて、夜を待った。

外が暗くなってから、当座の身の回りのものを持って梯子段を下りた。

主人夫婦は夕餉をとっている。世話になったここの老夫婦には申し訳ないが、挨拶抜きで、裏口に向かった。

辺りを窺って外に飛び出し、常に背後を気にしながら、暗闇に溶け込むように夜道を走った。

多吉が駆け込んだのは、春日《かすが》町にある留蔵という年寄りの所だった。お屋敷奉公をしていたときに下男をしていた。

今は奉公をやめ、盆栽や絵馬、扇など、季節ごとに品物を変えての行商をしてたつきを得ている。

戸障子を開けると、薄暗い部屋で留蔵はちんまりした体を丸めてちびちびと酒を呑んでいた。

「留蔵とっつあん、久しぶりだ。多吉だ」

土間に入って、多吉は遠慮がちに言った。

「なに、多吉だと。おう、間違いねえ。多吉だ。久しぶりじゃねえか。すっかり、ご無沙汰だったな」

留蔵は目をぱちくりさせた。

「半年ぶりです」

多吉は風呂敷包みを持って上がり框の傍に立ち、

「とっつあん。すまねえ。一晩、厄介《やっかい》になれねえか。明日には出て行く」

「そりゃ構わねえが、いってえ何をやらかしたんだ？」

「いや、その」

「ふん、博打でいかさまか」

「いや、そんなんじゃねえ」

「まあ、いいや。こんな狭くて汚ねえところだが、勝手に使ってくれ」

「すまねえ。恩に着る」

多吉が部屋に上がるのを待って、

「まあ、ひとつ、どうだ。碗《わん》はそこらへんにある」

と、酒を勧めた。

「すまねえ」

多吉が碗を摑んだ。

「それより、ご新造さんはどうした？」

留蔵は酒を注ぎながらきいた。

「見つけた」

「そうか、見つけたか。どこにいた？」

「赤坂の『麦飯』だ」

「なに、『麦飯』だと。そうか、あのご新造さんがそんなところに……」

留蔵がやりきれないように顔をしかめた。

「きっと請け出す。その金もたまった」

「ほんとうか」

「ああ、そのために頑張って来たんだ」

「そうか。それはよかった。あのご新造さんはおやさしい御方だった」

留蔵はしみじみ言ったあとで、

「それにしても、ひでえ旦那だったな。てめえの女房を追い出すだけじゃなく女衒に売り払い、てめえは後添いをもらいやがって。俺が若かったら、あの旦那を生かしちゃおかねえところだったが」

「とっつあん。ご新造さんが出て来たら、知らせるぜ」

「ああ、頼む。俺に出来ることならなんでもするぜ」

留蔵はだいぶ顔が赤くなっていた。


翌日、昼間は留蔵が出かけたあとも狭い部屋の中でじっとしていて、夜になって、多吉は長屋を出た。

五つ（午後八時）前に、箕輪にやって来た。

真行寺の境内に入り、庫裏の裏手にある小屋に向かった。辺りに注意を払い、多吉は用心深く、小屋に入った。

行灯に火を入れる。主のいなくなった住まいは冷え冷えとしていた。多吉は、喜助がかどわかしで得た金を床下に隠していたのを知っている。

「喜助、すまねえ」

そう言いながら、多吉は床板を外し、小さな瓶《かめ》を引っ張り上げた。

油紙でふたをしてある。それを引き剝がして、瓶を逆さにした。小判が十二枚落ちた。

十二両だ。清五郎のぶんもいっしょに隠していたのだ。

手持ちの一両に、これを足しても十三両。あと二両足りなかった。だが、ないよりはましだ。

「喜助、清五郎。すまねえが、こいつを使わしてもらうぜ」

もう一度、呟き、多吉は金を懐に入れて、小屋を飛び出して行った。

六

二十五日の朝、剣一郎が年寄同心詰所に入ると、すでに植村京之進や大下半三郎、それに臨時廻り、隠密廻りの同心たちも顔を揃えていた。

宇野清左衛門がやって来てから、剣一郎は口を開いた。

「さて、事件は思わぬ展開となった。ここで、これまでの経緯《いきさつ》を振り返り、これからの探索について考えたい」

一同ははっと低頭する。

これまで数々の難事件を解決してきた剣一郎には、いつしか備わった風格というものがあった。

それまでは、左頬の青痣が剣一郎を必要以上に大きく見せていたが、今では、南町を代表する与力の紋章としての効果を世間に対しても発揮している。

「子どものかどわかしは六名。この犯行に関わった者は三人。飴売りの男。紙屑買いの男、それにもうひとり、浅草元吉町に住んでいた清五郎という男であることに間違いない。ところが、このうち、十万坪で清五郎の死体が発見され、続いて、柳原の土手で、紙屑買いの男が殺された。この男の顔を、元吉町の住人に確認させたが、清五郎の家に出入りをしていた男に間違いないということだった」

剣一郎は説明を続ける。

「三人のうち、ふたりが殺された。単純に考えれば、仲間割れから、飴売りの男がふたりを殺したという見方も出来るが、殺されたふたりの致命傷はまったく違う。つまり、別人の手によるものだ。さらに、ここに注意すべきことがある」

剣一郎は一同の顔を見渡してから、

「紙屑買いの男は心の臓を一突きにされて絶命していた。この見事な手並みは、小塚原の磯七、さらに続いて起こった女中ふうの女と権八という男の殺しと同じだ。この下手人は、頓兵衛と名乗って、三河万歳の沢市太夫の才蔵になった男に間違いない」

一同は一心に剣一郎の話に聞き入っている。

「磯七の故郷、下総古河に問い合わせた返事がきのうあった。それによると、磯七は三河万歳の才蔵の任を果たすために江戸に向かったという。だが、頓兵衛らしき男のことはわからない。また、女中ふうの女のことも、はっきりしない。だが、いずれにしろ、この頓兵衛が、紙屑買いの男を殺したことに間違いない」

剣一郎は息継ぎをし、

「したがって、かどわかしの三人による仲間割れとは考えられぬ。第一、三人だけで、子どもを六人も隠しておくのは無理だ。背後に黒幕がいるとみていい。その黒幕が頓兵衛を使って紙屑買いの男を殺したのではないだろうか」

現状を説明してから、剣一郎は一同から意見を求めた。

「頓兵衛は殺し屋ということですね」

大下半三郎がやや身を乗り出しぎみにきいた。

「そうだ。頓兵衛は、女中ふうの女と権八を殺すために江戸にやって来たとみていい。その後、かどわかしの黒幕から実行犯の口封じに殺しを頼まれたのではないだろうか」

「すると、すべての鍵を握っているのは頓兵衛ということになりますね」

植村京之進が口をはさんだ。

「そうだ。頓兵衛を捕らえて依頼主を聞き出せば、ふたつの事件は一挙に解決に向かうかもしれぬ」

剣一郎は力強く言う。

「頓兵衛が次に狙うのは飴売りの男ですね」

京之進が気負って言う。

「そうだ。そこが捕らえる機会だ。なんとしてでも、飴売りの男を見つけ出す必要がある。その男も自分が狙われているのを承知しているはずだ」

その後、子どもたちの新たな被害者を出さないために、町内挙げての見廻りを強め、また子どもが閉じ込められている可能性のある廃屋《はいおく》や廃寺などの探索の打ち合わせをし、散会となった。

剣一郎は宇野清左衛門と共に別室に移った。

そこに、長谷川四郎兵衛が待っていた。

「青柳どの。今月中に事件を解決させるという約束、よもやお忘れではないだろうな」

いきなり、四郎兵衛が興奮して言う。

「はい。覚えております」

「あと五日ぞ。五日で、解決出来るのか。きょう、お奉行は登城するなり、ご老中に呼ばれ、問い詰められたそうだ。今月中に目処が立たなければ、お奉行は面目を失うことになるのだ」

「長谷川どの」

宇野清左衛門が口をはさんだ。

「今、青柳どのも懸命に探索に励んでおられる。少しずつでござるが、手掛かりも手に入っております。もうしばらくお待ちくだされ」

「まったく、はがゆうてならぬ。もし、今月中に解決出来なかったら、そのときは、覚悟をなされよ。もちろん、北町に手柄をとられても、そなたの責任。よいな、青柳どの」

一方的にまくし立てて去って行った。

「長谷川どのの言うことなど真に受ける必要はない」

「いえ、なんとしてでも、あと五日で」

剣一郎は心に期するように言った。

剣一郎はいったん八丁堀の屋敷に戻った。数寄屋橋《すきやばし》御門内にある南町奉行所からは四半刻（三十分）足らずで屋敷に帰り着く。

そこで、昼食をとりながら、文七を待った。

昨夜、文七がやって来て、箕輪の隠れ家がやっと見つかりましたと言っていたのだ。

これから、屋敷で待ち合わせて、箕輪に行くことにしていた。

「文七さんが参りました」

昼下がりに、多恵が知らせに来た。

すぐに、剣一郎は編笠を持ち、着流しで、文七と共に屋敷を出た。

八丁堀の掘割から舟に乗り、隅田川を遡《さかのぼ》って山谷堀に入って箕輪に向かった。

「真行寺という寺の納屋を改造した小屋に住んでいたようです。住職の話によると、喜助という大柄な男に貸していたそうです。その小屋に、ときたまふたりの男がやって来ていたということです」

舟の中で、文七が改めて話した。

真行寺境内にある小屋にやって来た。文七が戸を開ける。陽光がさっと土間に射し込んだ。

天窓からの明かりが部屋を薄明るくしている。すえた匂いに、顔をしかめる。

壁に大きな格子縞の着物と小さな着物が掛かっていた。いずれも男物だ。大きなものは喜助ので、小さなほうは小柄な清五郎のもののようだ。

「元吉町を出たあと、清五郎はここに住んでいたようです」

文七が言った。

瓶が転がっている。中は空だった。狭い部屋に、手掛かりになるようなものはなかった。飴売りの男に関するものも見つからなかった。

あとで、もう一度、大下半三郎に調べさせることにして、剣一郎は箕輪をあとにした。

そこから、入谷、山下、下谷広小路と抜けて、昌平橋《しょうへいばし》を渡って、小川町へとやって来た。大柴源右衛門の屋敷へ向かうのだ。

文七が大柴家の中間に話を聞いても、皆口が固い。ひょっとしたら、ほんとうに殺された女中は大柴家とは無関係なのかと思い始めたとき、夜、何人もの男が裏門に入って行くのを見て、文七ははたと気がついたのだ。

「中間部屋で賭場を開いているので、皆口が固いんです。そのことで、威《おど》せば、案外とあっさり口を割るんじゃないでしょうか」

文七はそう言ったのだ。

大柴家の裏門にやって来た。樹木の陰に身を隠し、裏門を見張った。

陽が傾き、屋敷の屋根の向こうに沈んで行く。

辺りが薄暗くなって、ぽつりと人影が現れた。その人影は裏口で戸を叩き、内側から戸が開けられるのを待って屋敷内に入って行った。

続いて、また男がやって来た。職人体《てい》の男だ。同じように裏口から入って行った。

「賭場の客ですね」

それから、辺りが真っ暗になった頃には、何人もの男が吸い込まれるように裏口に消えて行った。

「よし、行こう」

「へい」

剣一郎と文七は樹陰から出た。

裏口に近づくと、文七が戸を叩いた。

「誰でえ」

内側から声がした。

「俺だ」

「俺だと。それじゃわからねえ」

「ちょっと開けてくれ。町方の役人がさっきからうろついているんだ。それも大勢いる。たぶん、ここから出て来た客をひとり残らずとっつかまえようとしているんだ」

「なんだと」

「だから、開けてくれ」

「待て」

閂《かんぬき》の外れる音がして、戸が開いた。

剣一郎はさっと中に踏み込んだ。

提灯を持った男が顔を照らした。

「あっ、青痣……」

男が絶句した。

「静かにしろ。博打の取締りではないから安心しろ」

「へ、へい」

男はへっぴり腰で頷く。

「ちょっとききたいことがある。ここに権八という男がもぐり込んでいたはずだ」

「へえ」

「どうなんだ？　隠すと、ためにならねえ」

文七が威すと、男は竦《すく》み上がった。

「親分さん。待ってくれ」

男は、文七を岡っ引きと勘違いしたようだ。

「よし。問われたことにはちゃんと答えろ。そうしたら、きょうのところは見逃す。さあ、権八だ」

「おりました」

「間違いないな」

「ええ、間違いありません。奴は江戸所払いとなってから、江戸にやって来るたびに、ここで寝泊まりをしているんだ。でも、今はいねえ」

「権八は殺されたんだ。知っていたな」

「へえ」

「権八は女を連れていなかったか」

「ええ、連れてましたぜ。ちょっといい女でした。座敷のほうの手伝いをしていました」

「その女も殺された」

「へい」

「黙っているようにお達しがあったのか」

「へい」

男は小さく頷いてから、

「あっしが喋《しゃべ》ったなんて」

「心配ない。おまえが黙っていれば、知られることはない」

「へえ」

「邪魔した」

剣一郎は外に出た。途中、商家の旦那ふうの男とすれ違った。その男は大柴家の裏口に消えて行った。

七

その日の夕方、約束の出入りの屋敷を訪れ、万歳を披露しての帰りだった。

沢市太夫は新しい相方の玉吉と共に、神楽坂の宿に向かった。

最初こそぎこちなかったものの、玉吉はだいぶ馴れてきた。もともと、愛敬のある顔立ちだけに、道化役にはぴったしで、客の受けもよかった。

「玉吉。だいぶ、よくなったね」

沢市は上機嫌で続けた。

「いや、おまえさんは、ほんとうにいい才蔵になる」

磯七を失った痛手も、これで消えると思った。

「ありがとうございます。太夫の足を引っ張りはしないかと、そればかりを案じておりました」

「いやいや、これからも、おまえさんといっしょにやっていきたいと思っている」

「ほんとうでございますか」

玉吉はうれしそうに応じた。

祝儀も弾んでもらい、沢市は弾む気持ちで『野田屋』の土間に入った。

「お帰りなさいまし」

女中に迎えられ、沢市は上がり框に腰を下ろした。

すぐに濯《すす》ぎの水が出て来て、ふたりは足を洗ってから玄関を上がった。

梯子段を上がって、二階の部屋の前で、

「玉吉。残り少なくなった。あともお願いしますよ」

と、玉吉に声をかけた。

「へい。せいぜい頑張ります」

「じゃあ、また、明日」

そう言って、沢市は自分の部屋に向かった。

部屋に入り、沢市は祝儀を数えた。今年は、どのお屋敷も弾んでくれたので、例年より実入りがあった。

特に、玉吉と組んでからは評判がいい。玉吉の持ってうまれたおかしみが才蔵には打って付けのようだった。

今夜は、久しぶりにお久のもとに行こうと、帰り道で決めていた。

夕飯もそこそこに、沢市は宿を出た。

途中で駕籠を拾い、赤坂田町に向かった。

お久に会うのが楽しみで、江戸に来ているようなものだ。あとしばらくで、江戸を去らねばならない。

今年の十二月まで会うことは出来ないのだ。そう思うと、胸が切なくなる。お久には多吉という間夫がいる。そのことを考えると、気が狂いそうになるが、多吉は単なる遊び人に過ぎず、お久を養うことなど出来る人間ではないのではないか。

思い切って、お久を身請けして、どこかに家を与えて囲ってもいいが、ほとんど自分は江戸にいないのだから、お久をひとり暮らしにさせることになる。そうなったら、多吉が好き勝手に出入りをするだろう。

そんなことは許されない。

思い切って、三河に連れ帰ろうかとも思うが、それはそもそも無理な話なのだ。

どうしたものかと悩みながら、通い馴れた道を駕籠はだんだん赤坂田町に近づいた。『麦飯』の近くで駕籠を下り、沢市は軒行灯《のきあんどん》の明かりも艶かしい娼家『蓬萊家』に向かった。

土間に入ると、お久の姿がなかった。先客かと思ったら、すぐにお久が出て来た。

「太夫、お帰りなさいまし」

お久に手を引かれ、梯子段を上がって二階の部屋に入った。

「お久しぶりです」

お久は沢市の羽織をとった。

「仕事が忙しくてな」

「結構なことでございます」

お久が浴衣を着せかけてくれた。

「うむ。だから、たんまり稼いで、おまえにも会いに来られるのだ」

沢市はいつになく饒舌《じょうぜつ》だった。

玉吉という磯七に負けないぐらいの才蔵になり得る素質を持った男が見つかったことが、沢市を安堵させているのだ。

あぐらをかいたとき、部屋の外で声がした。

お久が障子を開けると、酒が運ばれて来ていた。

「さあ、どうぞ」

お久が徳利を傾けた。

再び、障子の外で呼ぶ声に、お久は軽く会釈をして、廊下に出た。

戻って来たお久は、再び傍に座ったが、今のはお久に客が来たことを告げに来たのだとわかった。

　それほど時を置かず、お久が、

「ちょっとすみません」

　と、席を立とうとした。

「多吉か」

　急に嫉妬心に襲われた。

「えっ」

「客だろう」

　つい強い口調になった。

　さっきまでのいい気分がすっかり消し飛んでいた。どうして、こうもいらだつのか。

「ええ。でも、きょうで二回目のお客さんです。すぐに戻ります」

　お久が部屋を出て行ったあと、沢市は嫉妬から胸が焼けるように痛くなった。

　四半刻（三十分）近く、ひとりで放り出され、ますます沢市は心を乱していた。

　ほんとうに多吉ではないのか。とうとう我慢出来なくなって、沢市は立ち上がった。

そっと部屋を出た。廊下はひっそりとしていた。

まだ、宵《よい》の口なので、客はあまりいないようだった。廊下を曲がったところにある部屋から声が聞こえた。

ここだと、沢市は思った。

部屋を覗《のぞ》くわけにもいかない。迷っていると、障子に人影が差した。あわてて、沢市はその先にある梯子段を下りた。

お久と共に部屋から出て来た男は梯子段を行き過ぎ、廊下の突き当たりにある厠に向かった。その背中を見て、おやっと思った。どこか見知ったような体つきに思えたのだ。

沢市は梯子段の途中に隠れ、男が厠から戻って来るのを待った。お久は先に部屋に引き上げた。

やがて、男が戻って来た。

沢市は梯子段の途中からそっと頭を出し、男の顔を見た。あっと、沢市は叫び声を発するところだった。

男をやり過ごし、障子の閉まる音を聞いてから、梯子段を上がり、すばやく部屋に戻った。

胸が波打っていた。夢かと思った。いや、夢ではない。見間違いでもない。あの男は頓兵衛だ。

磯七の代わりに才蔵をやり、あげく逃げ出した男だ。そればかりではない。あの男には磯七を殺した嫌疑がかかっているのだ。

なぜ、あの男がお久のところに……。

そのとき、障子が開いたので、沢市は飛び上がった。

「まあ、どうしたんですか」

お久だった。

「いや、なんでもない。突然だったので」

まだ心の臓の鼓動が激しい。

「向こうは？」

沢市はさりげなさを装ってきいた。

「あの客は……。いや、いい」

「なんですか。いやですよ。なんでも仰ってくださいな」

お久は困惑げに眉を寄せ、

「多吉さんじゃありませんよ」

と、俯《うつむ》いた。

「いや。そうじゃない。あの客はどういうわけで、おまえの客になったのだね」

沢市はお久の顔を覗き込んだ。

お久は首を横に振った。他のお客さまのことは話せませんと言った。

「いや。興味本位できいているのではない。偶然におまえの客になったのか、それとも、名指しで」

「どうして、そんなことをおききになるのですか。太夫らしくもありません」

「そうじゃないんだ。じつは、あの男……」

「あの男？　向こうのお客さまをご存じなのですか」

「さっき、厠に行こうとして、見かけたのだ。あの男、ちょっと知っている。いや、親しいわけではない。教えてくれ。どうして、おまえの客に？」

沢市の真剣な表情に気圧《けお》されたように、お久は答えた。

「私を名指しで」

「名指しで……。いったい、どうしておまえのことを知っていたんだ。まさか、私のことを……」

いや、そんなことはない。もし、自分に用事があれば、『野田屋』に泊まっていることは知っているのだ、そこに来るはずだ。すると、偶然なのか。

「太夫、いったい、どういうことですか」

「あの男、どうしているのだ？」

「今、横になっています。五つ半（午後九時）になったら起こしてくれと」

「寝ているのか」

「あのひと、女を抱けない体だそうです」

「女を抱けない体？」

「そうです。ですから、何のために来ているのか、私にもよくわからないのです」

あの男は何かの目的があってやって来たのだ。そう思うと、居ても立ってもいられなくなった。あの男の目的は殺しかもしれないのだ。

「いいかえ。あの客に私のことを絶対に話してはだめだ。いいね」

「もちろん、話しませんけど。でも、太夫。いったい何が」

「すまない。急用を思い出した。きょうはこれで帰る」

沢市は立ち上がった。

障子を開け、そっと首を伸ばして廊下を確かめ、ひとのいないのを見て、すぐに飛び出し梯子段を下った。

逃げるように、沢市は『蓬萊家』を飛び出した。

駕籠を拾うと、もどかしく乗り込み、

「八丁堀へ。酒手《さかて》は弾む。急いでくれ」

と、叫んだ。

八

その夜、文七と別れ、剣一郎は屋敷に戻って来たところだった。

大柴源右衛門の屋敷から引き上げ、途中、文七と神田須田町にある一膳飯屋に入り、夕飯をとりながら、今後の打ち合わせをしてきた。

やはり、権八は大柴源右衛門の屋敷に隠れていたのだ。これで、頓兵衛という男の行動にすべて辻褄《つじつま》があう。

権八と女を殺すために、江戸に出て来たのだ。沢市太夫と共に大柴源右衛門の屋敷に行ったのは、女を特定するためだったに違いない。女中を追いかけ、左腕をまくっていたのは、そこに目印があったからに違いない。

ただ、頓兵衛はかどわかしの実行犯の喜助を殺し、さらに飴売りの男をも殺そうとしていると思われる。つまり、ひとさらいの一味ともつながりがあるのだ。

そろそろ寝間に行こうとしたとき、多恵がやって来た。

「沢市太夫が火急の用事でお見えです」

「沢市が？」

何かあったのだと、剣一郎は思った。

すっくと立ち上がり、玄関に向かうと、沢市太夫が興奮した様子で待っていた。

「青柳さま。このような時間に申し訳ありません」

声が震えている。

「沢市太夫か。どうした？」

「はい。じつは、頓兵衛を見つけました」

「なに、頓兵衛を？　それはでかした。どこだ？」

剣一郎は覚えず声を張り上げた。

「赤坂田町の『麦飯』にある『蓬萊家』という娼家です。そこにお久という女がおり、最近、名指しで来ているということです。今夜も来ていました」

「そうか。ご苦労。すまぬが、案内してもらえぬか」

「はい」

若党の勘助《かんすけ》に駕籠を手配させてから部屋に戻り、剣一郎は外出の支度をした。

「行ってらっしゃいまし」

多恵の見送りを受け、剣一郎は門前に待っていた駕籠に乗り込んだ。

沢市太夫も乗って来た駕籠に再び乗り込み、赤坂田町に向かった。

八丁堀から赤坂に向かって二丁の駕籠が夜道を走った。

娼家の軒行灯が艶かしい明かりを道に落としている。駕籠を下りてから、沢市太夫は『蓬萊家』に向かって先に立った。

間口の狭い家が見通せる場所にやって来た。

「あそこでございます」

沢市太夫が声をひそめて言う。提灯の屋号に『蓬萊家』とあった。

沢市は『蓬萊家』の土間に入った。もう夜も遅い時間で、客待ちの女が所在なさげに板間に腰を下ろしているだけだった。

「あら、太夫」

女が不思議そうな顔をした。

「すまぬが、お久さんを呼んでくれぬか」

沢市太夫の後ろに、編笠の侍がいるのを見て、女は驚いたように、

「ちょっと待ってくださいな」

と、奥にあわてて向かった。

そこに女将らしい女が出て来た。

「おや、沢市さんじゃありませんか。さっきはどうなすったんですね。まるで、逃げるように駆けて行ってしまわれて」

「さっきのお久の客はまだいるのか」

沢市太夫は声をひそめてきいた。

「だいぶ前に帰りました」

「帰ったか」

沢市太夫はほっとしたように答えた。

女将も、編笠の侍に気づいた。剣一郎は編笠をとって土間に入った。

「あっ、あなたさまは」

左頰の青痣を見て、女将は剣一郎のことがわかったようだ。

「すまぬ。ちょっと、お久に用事があって来たのだ」

「そうでございますか。今、呼びに行っていますので、どうぞ、こちらでお待ちを」

女将は剣一郎たちを内所に案内した。

やがて、お久がやって来た。

沢市太夫を見ては訝しがり、剣一郎を見ては目を見張った。

「お久さん。今、多吉が来ているのか」

沢市太夫がきいた。

「いえ、違います。以前からのお馴染みです。いったい、何があったのでしょうか」

お久は目に戸惑いの色を浮かべている。

「最前まで、そなたの客だった男について訊ねたいことがある」

剣一郎は切り出した。

「あの男……」

怯えたように、お久は目を伏せた。

「名を名乗ったか」

他の客について話すことの許しを得るように、女将を見てから、お久は答えた。

「頓兵衛さんとおっしゃいました」

「頓兵衛だと。うむ。同じ名を名乗っているのか」

剣一郎が言うと、沢市太夫は生唾《なまつば》を呑み込んだようだった。

「また、来るな」

剣一郎は確かめた。

「と思いますけど」

お久は細い眉を寄せ、

「いったい、あのひとは何なのですか。あのひと、とても変なんです。ときどき、怖いと感じることもあるのです」

「いや、心配ない。ふつうにしておればよい」

剣一郎は不安を取り除くように言い、次に、女将に顔を向けた。

「ここに、明日の夜から文七という男を寄越す。頓兵衛が来たら、文七に合図をして欲しい」

「畏まりました。でも、ほんとうに危ないことはないのでしょうか」

女将が真剣な眼差しできく。

「いや。たいしたことではない。よいか、このことを決して頓兵衛に気《け》取られぬように」

剣一郎は念を押した。

「お久さん」

沢市太夫がやりきれぬように言った。

「私はしばらくここに来られぬようになった」

「どうしてでございますか」

「いや。理由は……」

沢市太夫は悄然《しょうぜん》と言い、土間を飛び出した。

「では、明日、頼んだ」

剣一郎は、沢市太夫を神楽坂の『野田屋』に送り届け、それから屋敷に戻った。

頓兵衛という男は何か目的があるのだ。その目的とは、飴売りの男を殺すことに違いない。すると、お久の客の中に、飴売りの男がいる可能性がある。

敵に手が届くところまで近づいたという手応えに、剣一郎はいつになく神経がたかぶってきた。

町の木戸は閉まっていて、野良犬の遠吠えが聞こえていた。

九

翌二十六日。きょうも夜になって、多吉は留蔵の家を出た。

用心深く、なるたけ顔を合わせないように、ひととすれ違うときは顔を伏せた。

角兵衛の背後にいる人物を探り出し、かどわかしの黒幕に脅しをかけようとしたことなど、もう夢のようだ。

向こうのほうが一枚も二枚も上手で、清五郎と喜助が殺され、今自分の命も危機に瀕《ひん》しているのだ。

あのまま、牛込通寺町の古道具屋の二階に居続けたら、必ず殺し屋は襲って来たに違いない。

歩いていても、常に背後が気になる。いや。向こうからやって来る職人体《てい》の男でさえ、すれ違い終えるまで気が抜けなかった。

途中、何度か回り道をしながら、やっと赤坂田町にやって来た。

お久のところは久しぶりだった。

勇んで『蓬萊家』の土間に足を踏み入れると、化粧の濃い女が多吉の顔を見てがっかりしたようにまた座り直した。

お久の馴染みだとわかって、気落ちしたようだ。

お久に客がついているようだ。あの三河万歳の太夫だろうか。

ふと誰かに見つめられているような感じがして、あわてて辺りを見回した。梯子段に人影が見えたように思えた。気のせいか。あまりに神経が過敏になっているせいかもしれない。

女将が多吉を部屋に案内した。

「すみませんねえ。しばらくお待ちを」

「酒はあとでいいぜ」

女将が出て行ってから、多吉は窓辺に寄った。窓の下を遊客が通り過ぎる。あやしい人影はなかった。

それから、窓を閉め、壁に寄り掛かってお久を待った。

今、金は十三両しかなかった。ちくしょう。あと十両をもらえるはずだったのだ。

その金さえ、あれば……。

多吉は唇を嚙んだ。

障子が開いて、思ったより早く、お久がやって来た。

「ごめんなさい」

「いや」

「あら、何も出ていないの」

「お久さんがいねえのに酒を吞んでもうまくねえ」

多吉は呟くように言う。

「多吉さん、何かあったの」

お久が真顔になっている。

「どうしてだ？」

「なんだか、様子がいつもと違うようよ」

「気のせいだろう。俺はいつものとおりだぜ」

「そう」

自分が怯えていることを、お久は感づいているのだ。

障子の向こうにひとの気配がした。

お久が立ち上がり、障子を開けた。女将がじきじきにやって来て、お久に耳打ちした。

女将が去り、お久が部屋の真ん中に戻った。

「あの男が来たのか。沢市とかいう太夫」

「いえ、違います」

「じゃあ、誰だなんて、野暮なことはきかないことにする」

沢市太夫が通い詰めであることは知っている。それ以外にも何人か、お久の馴染みがいるが、沢市太夫ほど熱心な男もいない。

年に一度、江戸に出て来たときしか会えないから、お久に対してがむしゃらなのだろう。

少し酒が入ってきてから、お久が立ち上がった。

「ちょっと行って来ます」

「ああ、俺のことは気にしないでくれ」

「すぐに戻ります」

お久が出て行った。

ひとりになると、またも角兵衛のことを思い出し、歯噛みしたくなった。十両ずつくれるという約束を反故《ほご》にした上に、清五郎と喜助を殺しやがった。

きっと仇をとってやる。多吉はそう思ったが、向こうは殺し屋を使ってこっちを殺そうとしているのだ。

お久が帰って来た。

「向こうはいいのかえ」

「ええ、変なお客なのよ。私を抱こうとしないの。ただ、いっしょに呑んでくれればいいって。多吉さんみたいに」

「ほう」

多吉は興味を持った。

どんな男なのか。一目顔を見てみたいと思ったが、そんな真似《まね》が出来るはずはなかった。

「多吉さん。向こうに」

お久が隣の部屋に導いた。

「もう、いいでしょう」

「いや、いけねえ。お久さん。いや、ご新造さん。あっしはご新造さんをこんな形では……」

あとの言葉は続かなかった。こんな形では抱きたくないのだと言いたかったのである。

「もう、私はご新造さんでもなんでもないんですよ」

「いえ、あっしがいけねえんだ」

多吉は五体が引き千切られそうなほどの苦痛に襲われた。

「多吉さんにはほんとうにすまないと思っています」

「そんな……」

ふと廊下にひとの気配がした。誰かが立ち聞きしているような気がしたのだ。

多吉はさっと障子に近づき、思い切って開けた。だが、廊下には誰もいなかった。

お久が訝しげにきいた。

「どうかしたの」

「気のせいだったか」

多吉は部屋に戻った。やはり神経が過敏になっているのかもしれない。

「お久さん。俺は必ず、おめえを身請けし、女房にする。それまで、待ってくれ」

「多吉さん、やっぱり、何か変だわ」

「いや、そんなことはない」

「お金が出来ないんでしょう。そのために苦しんでいるんじゃないの。二十両の金をこしらえるなんて、たいへんなことだわ。多吉さん。私に何か隠しているんじゃないの。ねえ、教えて」

珍しく、お久が執拗《しつよう》に多吉に迫った。

「お久さん。おめえは何の心配もいらないんだ。おめえの身請けのために、俺の知り合いも何人かが応援してくれているんだ。決して、俺ひとりで二十両を集めているわけじゃねえんだ」

「そんなひとがいるの？　それはほんとうなの？」

「ほんとうだ。それに、下男をしていた留蔵さんを知っているかえ」

「留蔵さん？　ええ、覚えているわ」

「今、俺はわけあって、留蔵さんのところに世話になっている。留蔵さんも、お久さんのことを心配してくれているんだ」

「留蔵さんのところ？」

「ああ、春日町だ。おめえのことを心配しているひとたちのためにも、俺は必ず身請けする。だけど」

「だけど、なあに？」

「ここを出たら、しばらく江戸を離れたいんだ。おめえのことを誰も知らない所に行って暮らしてえ」

江戸にいては危ないからだが、そんなことは言えはしなかった。

「多吉さんの行くところならどこでもついて行くわ」

「お久さん」

多吉はお久を抱き寄せた。

鬢《びん》付け油の甘い香りがする。

しばらく、お久を胸に抱いていたが、静かにお久の体を離した。

「そろそろ帰る」

「やっぱし、泊まっていけないのね」

「ああ」

これが、俺のけじめなんだと自分に言い聞かせた。泊まれば、お久を抱きたくなる。娼妓のお久を抱いてはいけないのだ。

切ない思いで、多吉は部屋を出た。

暗い道だ。人影もない。だが、背後にひたひたと雪駄《せった》で地を踏むような足音がする。わざと角を曲がったあとも、その音はついて来た。

足を速めた。それでも、足音はついてくる。つけてくる。殺し屋だと、多吉は身震いした。

いきなり、多吉は駆け出した。やみくもに走った。どこをどう走ったか、覚えていない。町家を過ぎ、武家屋敷の続く場所に出た。

辻番所が見えて来て、やっと足を緩めた。

よほど辻番所に飛び込み、助けを求めようとしたが、背後にはもう人影はないようだった。尾行を振り切ったのか、それとも暗闇に身を潜めているのか。

辻番所の前を行き過ぎる。やがて、寺の塀の続く場所に出た。

地を擦《す》る音。はっとしたとき、足音が大きくなった。驚いて振り返ると、黒い影が凄まじい勢いで迫って来た。

多吉はあわてて駆け出した。だが、つんのめって、足がよろけた。たたらを踏んで、やっと体勢を立て直したとき、目の前に男が立っていた。

「多吉だな」

月明かりに映し出された顔はのっぺりしていた。表情がない。だが、狂気に満ちた目をしている。

「角兵衛に頼まれたのか」

多吉は声を震わせた。

「そうだ。角兵衛とは昔なじみでな。江戸で世話になった礼もあったんだ。悪く思うな」

にやにや笑いながら、男は懐から匕首を取り出した。

多吉は後退《あとずさ》った。

男は悠然と近づき、指先で匕首をくるっと回してから、ひょいと突き出した。軽く出したように思えたが、風を切り、凄まじい勢いで目の前に迫った。

多吉は足が竦《すく》んだ。思い切って相手の胸に飛び込もうとしたが、情けないことに体が萎縮《いしゅく》してしまっている。

「狙いはそこだ」

再び、ひょいと匕首を突き出す。狙い違《たが》わず、心の臓の寸前で切っ先が止まった。

男は多吉をいたぶって、楽しんでいるようだ。

汗が目に入った。とたん、お久の顔が浮かんだ。

「じゃあ、行くぜ。恨むなら角兵衛を恨むんだな」

にやりと笑い、男が匕首を突き出そうとしたとき、風を切る音がした。と思ったとき、急に男が飛び退いた。目の前を何かが横切って飛んで行った。そして、欅《けやき》の樹にぶつかってはねかえった。誰かが小石を投げたのだ。

「誰だ、出てきやがれ」

男が闇に向かって叫ぶ。

多吉もそのほうを見た。

もう一度、凄まじい速さで、小石が男を目掛けて飛んで来た。男は匕首の柄で小石を弾き飛ばした。

「出てこなければ、こっちから行くぜ」

殺し屋の男は自信に満ちた声で言った。

すると、遊び人ふうの男が暗闇から現れた。

「おまえは何者だ？」

男は匕首を相手に向けた。

「通りがかりの者だ。物騒なものを振りかざして、喧嘩か。喧嘩なら、ひとりだけ匕首を持つのは卑怯だ。俺が、そちらの方の加勢をするぜ」

多吉は縋《すが》るように男を見た。二十五前後の苦《にが》み走った顔の男だ。

「てめえから先にやってやるか」

殺し屋の男は落ち着き払っている。

「おう、そこのひと。足元に手頃な枝が落ちているだろ。そいつを拾いなせえ」

そう声をかけられ、多吉はあわてて足元を見回した。すると、木の枝が落ちていた。その中で、武器になりそうな枝を見つけた。

「持ったかえ。じゃあ、おまえさんはそっちから攻めてくれ。あっしはここから迫る。どっちかが攻撃を加えたら、もうひとりがすぐに殴り掛かるんだ」

加勢に現れた男も手に木の枝を持っていた。

「わかった」

勇を鼓して枝を構え、多吉は一歩足を踏み出した。

助っ人の男が同じように枝を構えて殺し屋に迫った。

「ふん。しゃらくせえ真似をしやがって」

いきなり、男は多吉のほうに刃を向けて襲いかかった。とっさに、助っ人の男が飛び込む。

だが、殺し屋は機敏な動きで助っ人の男のほうに向き直り、匕首を振りかざした。

助っ人の男が木の枝で防ぐ。

が、助っ人の男の持っていた枝は真っ二つに裂かれた。助っ人の男は後退って、匕首の攻撃から逃れた。

またも、いきなり狙いを変え、殺し屋が多吉のほうに向きを変えて迫った。多吉は逃げようとして躓《つまず》き、仰《おお》向けに倒れた。

その上に、殺し屋が覆いかぶさるようにして匕首をかざしてきた。悲鳴が声にならなかった。覚えず、目を閉じたとき、何かがぶつかり合う音がした。

目を開けると、殺し屋の男と助っ人の男が倒れていた。

助っ人の男が殺し屋に体当たりを食わせたのだとわかった。そのとき、向こうのほうから提灯が揺れて近づいて来た。

素早く立ち上がった殺し屋が、

「ちっ。きょうのところは俺の負けだ。また、出直すぜ」

と言い、踵を返すや、たちまち闇に消えて行った。

「助かったぜ」

多吉は助っ人の男に礼を言った。その声は震えを帯びていた。

「なんて奴だ」

助っ人の男は着物の泥を払い落としながら言い、

「だいじょうぶだったか」

と、きいた。

「あんたのおかげで助かった」

多吉は疲れた声を出した。

「俺は文七だ。もし、よければ、事情を聞かせてくれねえか。少しは力になるぜ。俺は、力で相手を屈伏させようという人間が一番嫌いなんだ。そういう者に対しては、歯向かって行きたくなる性分でね」

「ありがてえが、それには及ばねえ」

多吉は警戒した。

「そうかえ。でも、気をつけたほうがいい。奴は諦めたわけじゃねえ。それにしても、凄い腕をしていたぜ、あの男は」

「奴は殺し屋だ」

「殺し屋？」

「どういうことだ？」

「いや……」

多吉は言い淀《よど》んだ。

「ともかく、送って行こう。奴がどこかで待ち伏せしているかもしれねえ」

「すまねえ」

「おまえさんの名は？」

「俺は多吉っていうものだ」

男に付き添ってもらい、多吉は夜道を春日町の留蔵の長屋に帰って来た。

途中、男は何度も振り向き、尾行のないことを確認した。その用心深さに、多吉は頼りになる男だと思った。

留蔵の家に入ると、留蔵が酔いつぶれていた。

「とっつあん、そんなところで寝ちゃ風邪引くぜ」

多吉は留蔵を起こした。

留蔵は寝ぼけ眼《まなこ》で起き上がった。

「おう、多吉か。いっしょに呑もうと思って、待っていたんだぜ。おや、誰でえ」

文七に顔を向けて、留蔵は目をしばたかせた。

「俺の命の恩人だ」

「そうかえ。さあ、上がってくれ」

留蔵はうれしそうに文七に声をかけた。

「いや、もう遅いからな」

「そんなこと言わず、上がってくれ。多吉の命の恩人とあっちゃ、黙って帰せねえよ」

「文七さん。上がってくれ」

多吉も勧めた。

「帰れなくなっちまうからな」

「そんなら泊まっていけ。どうせ、雑魚寝《ざこね》だ」

留蔵は半分眠っているような顔で言う。

「文七さん、そうしてくれ。こんなところだが、いやじゃなかったら」

そのとき、軒を打つ雨音が聞こえた。

「おや、降り出したぜ」

多吉が耳を澄ました。

「雨か」

文七が舌打ちした。

「さあ、上がってくれ」

「じゃあ、すまねえが世話にならしてもらおうか」

「ああ、そうしてくれ」

それから、多吉は文七と酒を呑み始めた。

「ところで、さっきの殺し屋は何者なんだね。よかったら聞かせてくれねえか」

文七が改めてきいた。

多吉は文七の顔を見つめた。渋い顔つきには卑《いや》しさはない。この男に縋《すが》ろうと、多吉は思った。

「角兵衛という男に頼まれて、俺を殺そうとしているのだ。俺の仲間もすでにやられている」

「仲間？　何の仲間だえ」

多吉は湯呑みを置いて、

「文七さん。俺に手を貸してくれるか」

と、訴えた。

「そのつもりだ」

「ありがてえ」

清五郎と喜助を立て続けに失い、気も弱っていたところだ。この男の手を借りて、角兵衛に復讐をしてやる。

「じつは、俺は子どものかどわかしをしてきたんだ」

「かどわかしだと」

「驚いたか」

「ああ」

多吉は角兵衛の話をした。

夜が更けた。軒を打つ雨音はますます強くなっているようだ。

留蔵が何か言った。寝ぼけているようだ。

多吉は酔いつぶれた留蔵に丹前をかけてやった。

「留蔵さんとは、どんな関係なんだね」

文七は空になった湯呑みを置いてきいた。

「以前、お屋敷でいっしょに奉公していたんだ。そこのお屋敷の旦那のご妻女が今じゃ『蓬莱家』という娼家で働いている」

「なんだって。ご新造さんが娼妓に？」

「ああ、お久という女だ」

「武家の妻女が娼妓に……」

文七が絶句した。

「旦那に騙されたんだ。俺がご新造さんに同情しているのを利用して……。俺もばかだった。後先のことを考えたら、あんな真似なんかしちゃいけなかったんだ」

「なんだね、あんな真似とは。差し支えなかったら、話しちゃくれないか」

「外出する旦那に頼まれて、俺はご新造さんに荷物を届けたんだ。そしたら、ご新造さんが部屋で泣いていた。つい俺も同情して……」

「なるほど。そこで間違いを犯したってわけか」

「とんでもねえ。俺は肩を抱いただけだ。それ以上のことはしていねえ。だが、それを見ていた女中が旦那に告げ口した。それで旦那は不義を働いたとたいそうな剣幕。だが、あとで知ったが、旦那の最初からの筋書きさ。ご新造さんを離縁し、岡場所に売り払ったのも旦那の差し金だ」

思い出すたびに胃の辺りがきりきりとする。多吉はやりきれなくなって、湯呑みに残った酒を呷《あお》った。

「ご新造さんが岡場所に売られたらしいと留蔵とっつぁんから聞いて、俺は探し回った。そして、やっと『蓬莱家』で見つけたんだ。俺は身請けしようと誓った。そのための金が欲しかったんだ。だから、賭場で角兵衛から声をかけられて、その誘いに乗っちまったんだ」

「そうだったのか」

「俺が清五郎と喜助を誘ったばかしにふたりを……。角兵衛は最初から仕事が終われば俺たちを殺すつもりだったのだ」

後悔の念と騙された悔しさに、多吉は胸をかきむしった。

「このままじゃ、ご新造さん、いや、お久を身請けしてあげることが出来ねえ」

「多吉さん。ふたりで角兵衛に仕返しをしてやろうじゃねえか」

「心強いぜ、文七さん」

清五郎、喜助。必ず、仇をとってやるからな。多吉は拳を震わせて、心の内で叫んだ。

第四章　人買船

一

朝早く、剣一郎は多恵に起こされた。多恵は化粧をし、丸髷《まげ》に結っていた。もう明六つ（午前六時）は過ぎているようだった。障子の外が暗いのは雨が降っているからだ。珍しく、剣一郎は寝過ごしたようだ。疲れが溜まって来ているのだろう。

「文七さんがやって来ました」

多恵の二度目の言葉で、やっと剣一郎は覚醒した。

雨音は激しい。かなり、強い雨だ。昨夜半から雨が降り出していたことは知っていた。

「やはり、座敷に上がらないのか」

「はい。いつものようにお庭でお待ちです」

剣一郎は手早く着替え、濡縁に出た。

薄暗い庭に、傘を差して文七が立っていた。

「上がらぬか」

無駄だと思っても、剣一郎は勧めた。

「いえ、すぐお暇《いとま》しますから」

頑固なほど、文七はけじめを守ろうとしているのだ。

傘を閉じ、文七は軒下に立った。仕方なく、剣一郎はそこで文七の話を聞くことにした。雨は風に吹かれ、濡縁を濡らしている。

「きのう、頓兵衛らしき男が『蓬萊家』に現れました」

雨がかかるのを構わず、文七が言う。

「さっそく現れたか」

「はい。狙いはお久という女の客で多吉という男でした。多吉こそ、飴売りの男です」

「でかした、文七」

剣一郎は讃えた。

「いえ、たまたまに過ぎません。で、頓兵衛は多吉のあとをつけて襲いかかりました。助けに入りましたが、頓兵衛の七首の扱いは並の腕じゃありません。あっしはかわすのが精一杯でした。運良く、遠くに提灯の明かりが見えたので、頓兵衛は逃げましたが、危ないところでした」

「うむ。頓兵衛の腕が生半可《なまはんか》でないことは、殺された者の傷口からも窺える。無事で、なにより」

「頓兵衛は逃がしましたが、多吉とつながりが出来ました。ゆうべは、多吉が居候をしている留蔵という男の家に泊めてもらいました。狭い家で、雑魚寝でしたが」

「上出来だ。で、何か聞き出せたか」

「はい。多吉、清五郎、喜助の三人は角兵衛と名乗る男の指示で、子どもをかどわかしていたそうです。子どもはいつも船まで運び、そのあとはどこに連れて行かれたのかわからないとのこと」

「角兵衛とは、『多幸園』のお初が若い男に訊ねられた名だ。やはり角兵衛が背後にいたのか」

「はい。いつも、本所亀沢町の『田中屋』という一膳飯屋で落ち合い、そこで指示を仰いでいたそうです」

「『田中屋』の亭主は角兵衛の仲間か」

「いえ、違います。ただ、落ち合う場所として利用していただけのようです。そこで会い、別れるときに次に会う予定を決めていたってことです」

雨を避けるように体をずらしてから、文七は続けた。

「江戸での子どものかどわかしは六人で打ち止めになったそうです。それで、角兵衛は三人の口封じを図ったようです。もっとも、多吉のほうも、角兵衛の素性を調べ、金を脅《おど》し取ろうとしたようですが」

「もうこれ以上は子どもは狙われないということか」

「はい。今度は江戸以外の場所で、かどわかしを始めるようです」

「なんとしてでも、それは阻止せねばならぬ」

「それから『蓬萊家』のお久は、武家の妻女だったそうです」

お久と多吉の経緯を、文七は語った。

「しかし、よく、多吉がそこまで喋《しゃべ》ったな」

「あっしの手を借り、角兵衛に仕返しをしたいと思っているようです」

「そうか。では、しばらく、それに合わせていたほうがいいな」

「はい。そのつもりです。必ず、頓兵衛が現れるはずですから」

「しかし、仕返しをするにしても、多吉は角兵衛を探す手掛かりを何かつかんでいるのか」

「そのことですが、多吉はこんなことを言っていました。ついこの間の『多幸園』の春吉のかどわかしですが、あの指示が今までと違ったと」

「ほう」

剣一郎は興味を持った。

「それまでの五人も、角兵衛が子どもの名前と住まいを伝えたそうですが、実際のかどわかしには、それ以上の具体的な指図はなかった。ところが、春吉の場合は、稲荷社にお参りするときにひとりになるからそこを狙えと具体的な指示があったと」

「なるほど」

『多幸園』のお初に声をかけたのは、やはり多吉だったのだ。多吉は、春吉が稲荷にお参りするようになったことにひっかかりを覚えていたようだ。

「多吉が言うには、角兵衛は『多幸園』のことをよく知っている人間ではないかということです」

「多吉の言うことはもっともだ。よし、わかった。俺は『多幸園』を調べてみる。文七はしばらく多吉と行動を共にしてくれ」

「わかりました」

「で、角兵衛の特徴は?」

「三十半ばで大柄。目が大きく唇が分厚いそうです」

文七は言い忘れたことに気づいたように、

「あっ、それから、一度、角兵衛のあとをつけたところ、四ッ目橋を渡って田圃の中の道を入って行ったようです」

「なに、四ッ目橋？」

「はい。その先に、清五郎の死体が発見された砂村十万坪がありますし、多吉はあの付近に角兵衛の隠れ家があるのではないかと言っていました」

あの辺りは武家の下屋敷の多いところだ。

「それは大きな手掛かりかもしれぬ」

「はい。では、私はこれで」

傘を差し、文七が軒下から出ると、大粒の雨が激しく傘を叩いた。

剣一郎は若党の勘助を呼び、同心の植村京之進と大下半三郎の屋敷に使いにやった。

四半刻（三十分）後に、ふたりがやって来た。

「急に呼び出してすまない」

部屋で向かい合ってから、剣一郎はふたりに頓兵衛と多吉のことを話した。

「頓兵衛なる者、角兵衛という男の指示で、多吉を狙っている。しばらく、多吉を泳がせる。多吉には文七がついている。だから、よほどのことがない限り、遠くから見張っているように」

「わかりました」

ふたりは、ほぼ同時に答えた。

ふたりが引き上げてから、手早く朝飯を済ませ、剣一郎は桐油合羽《とうゆがっぱ》を羽織り、足駄《あしだ》を履《は》き、唐傘《からかさ》を差して屋敷を出た。

激しい雨脚だ。傘を差していても、合羽に雨が当たり、足元も濡れてきた。恰好など気にせず、剣一郎は裾をからげて、脛《すね》を剝《む》き出しにして、水たまりの道を神田旅籠町に向かった。

神田旅籠町の質屋『相模屋』にやっと着いた。

傘の滴《しずく》を切り、剣一郎は土間に入った。足に泥がはねていた。

「あっ、青柳さま」

帳場格子にいた手代が立ち上がって来た。

「よく降るな」

剣一郎は手拭いで着物を拭きながら言う。

「ただ今、濯ぎを」

「よい。構わぬ。相模屋はおるか」

「はい。ただ今、呼んで参ります」

手代が奥に引っ込んだ。

が、すぐに戻って来た。

「ただ今、参ります」

「きょうは、番頭の忠五郎はいないのか」

「はい。きょうは休みにございます」

「そうか」

待つほどなく、恰幅のよい相模屋惣兵衛が出て来た。頬がたるみ、好々爺然とした顔に笑みを浮かべている。

「これは、青柳さま。このような雨の中を、ご苦労さまにございます」

「ちょっとききたいことがあってな」

「はい。なんでございましょうか」

「春吉のことだが、春吉がどういうわけで稲荷社にお参りするようになったか、心当でたりはないか」

「いえ。私も知りませんでした。ただ、春吉は二親が生きていると信じているようでしたので、会えるように願掛けをしていたものと思われます」

「それにしても、なぜ、急に願掛けをするようになったのか。二親のことで、どこから手掛かりが得られたのであろうか」

「そのことはいっこうにわかりませぬ」

相模屋は表情を曇らせた。

「ところで」

と、剣一郎は相模屋の温和な顔を見た。

「角兵衛という男を知らないか」

一瞬、相模屋の目が鈍く光ったのを見逃さなかった。

「いえ」

相模屋は小さく否定した。

「その男は……」

剣一郎は言い差した。

角兵衛の特徴を言おうとして、角兵衛の特徴が番頭の忠五郎に似ていることに気づいたのだ。

角兵衛は三十半ばの大柄な男で、大きな目と分厚い唇。番頭の忠五郎も同じような特徴を有している。偶然だろう。このような特徴の男など、世間にはざらにいる。しかし、『多幸園』の周辺にいる男となると……。

「その男が、何でございましょうか」

相模屋が怪訝そうにきいた。

「いや。知らないのは無理もない。春吉は必ず助け出す。心配せずに待て」

そう言い残し、剣一郎は再び、雨の中に出て行った。

だが、相模屋の顔が脳裏にこびりついていた。

どういうことだ、と剣一郎の頭の中でめまぐるしくさまざまな考えが蘇っては消えた。

二

その日、義平は昼近くまで寝ていた。目を覚ますと、雨音が聞こえた。かなり、激しい降りのようだった。

義平はゆうべのことを思い出した。仕留める寸前に、邪魔が入ったのだ。あの男、何者なのか。

俺の匕首を凌《しの》いだのは、ただ者ではない証拠だ。岡っ引きの手の者とは思えない。

尿意をもよおし、義平はふとんから出て、梯子段を下りた。すると、居間から角兵衛の声が聞こえた。どうやら、きのうの首尾が気になっているらしい。

義平は厠の帰りに、居間に顔を出した。

長火鉢の前で、角兵衛は煙草をくゆらせていた。

「起きたか」

口から長煙管を離し、角兵衛がきいた。もう昼近いようだ。ずいぶん、寝ていたことになる。それほど、ゆうべは疲れたのだ。

長火鉢の手前に、義平はあぐらをかいた。角兵衛の隣で、妾がつんとすましている。

「どうだった？」

さっそく、角兵衛がきいた。

「失敗した」

「失敗だと」

角兵衛は苦虫をかみつぶしたような顔をした。

「邪魔が入った。あいつはただ者じゃねえな」

「どんな野郎だ？」

「二十半ば過ぎの男だ。俺の匕首を恐れぬ度胸は半端じゃねえ」

義平は口許を歪《ゆが》めた。

「おめえほどの男が舌を巻くとはな」

「なあに、今度出会ったら、仕留めてやるさ。ただ、気になることがある」

「気になること？」

長煙管に新しい刻みを詰め込む手を休め、角兵衛が顔を向けた。

「その男のことだ。あれは、たまたま通り掛かったってわけではない。奴も多吉を追っていたようだ」

「岡っ引きの手の者か」

「いや。そんなんじゃねえな。遊び人ふうだが……」

「おまえがつけられていたとは考えられないか」

「いや。俺に目をつける人間がいるとは思えねえ」

ゆうべは『蓬萊家』に行ったが、あとをつけられている気配はなかった。多吉のあとを追って『蓬萊家』を出たとき、内所のほうから視線を感じたが、あの男が内所にいるはずはない。

やはり、多吉を追っていたのか。あるいは、たまたま通り合わせたのか。

「どうした？」

「いや。今夜、もう一度、『蓬萊家』に行ってみる」

「多吉が、のこのこ現れるかな」

「女から居所をきくのだ」

義平は言ったあとで、

「ところで、多吉を始末する理由を教えてくれねえか」

しばし、角兵衛は煙草をくゆらせてから、

「あの男が実際に子どもをかどわかした」

と、打ち明けた。

「なるほど。用済みとなって、始末するってわけか」

「それに、奴らは俺のことを探ろうとした。俺の秘密を探り、金を脅し取ろうとでも考えたに違いない。どっち道、生かしちゃおけないのだ」

「そうかえ。ところで、かどわかした子どもはどうするんだ？」

「来月初めに、船に乗せて、ある場所に連れて行く」

「どこだ?」

「そんなことに興味を持つおまえじゃないはずだ」

「違いねえ。俺には関係ないことだ」

義平は立ち上がった。

「俺は、ただ金さえもらえればいい。多吉を殺ったあと、江戸を離れる」

部屋を出て行こうとすると、

「例の物、確かに、久米蔵というひとに届けたぜ。きのう、使いにやった者が戻って来た。途中、臭くて難渋したらしいぜ」

と、角兵衛が言い、おかしそうに笑った。

「さっそく久米蔵は塩漬けの腕を眺めて、にたにた笑っていたそうだ。あの男、狂っているのと違うのか」

「女に駆け落ちされたのがよっぽど悔しかったのだ」

そう言って、義平は二階の部屋に戻った。

窓を開けた。空は夕方のように暗く、雨脚は激しかった。

地べたを打ちつけるように降る雨を見つめながら、久米蔵のことを考えた。痛風もかなり悪くなっているのに違いない。さんざん悪いことをしてきた罰《ばち》が当たったのだろう。

怖いものなど何もないと豪語するほどの久米蔵も、病気と女には勝てなかったということか。


下総古河で、久米蔵は土木などの作業を請け負い、たくさん人足を抱えている親方だった。また、役人ともつながりがあり、顔役だ。こっそり賭場も開いている。

義平がそこに客分として厄介になったのは、去年の夏のことだった。その頃、久米蔵は痛風が悪化して、寝たきりになっていた。

あるとき、久米蔵が義平を枕元に呼んだ。

「おまえさんの噂は聞いている」

久米蔵は寝たまま言った。噂とは、ひとを何人も殺していることかもしれなかった。

「おまえさんを見込んで頼みがある」

そう言って、久米蔵が訴えたのは、権八という男とお綱《つな》という女を殺して欲しいという頼みだった。

久米蔵の所には、他国から逃げて来た者が草鞋《わらじ》を脱ぐことも多く、江戸を追放になった権八がやって来たのは三年前のことだ。ときたま、権八は江戸に帰っていた。江戸では、旗本大柴源右衛門の屋敷の中間部屋にもぐり込むのだという。

中間部屋で開かれている賭場で何度も遊んだことがあるので、皆顔見知りだ。だから、匿《かくま》ってくれるのだと、権八は言っていたという。

その権八が、いつしか久米蔵の妾のお綱と出来ていたのだ。それに気がついたのは、ふたりが駆け落ちしたあとだった。その際に、行き掛けの駄賃で百両の金まで盗んで行った。去年の春のことだ。

久米蔵は怒り狂った末に、卒倒した。持病の痛風が悪化したのは、それからだった。すぐに、手下を江戸まで追いかけさせた。

だが、大柴源右衛門の屋敷に閉じこもって、ふたりは出て来ない。だが、一度だけ、お綱が奥方らしい女のお供で、外に出たのを見かけたという。お綱は、あの屋敷で奉公しているようだと、帰って来た手下は言った。

もともと、お綱は料理茶屋で女中をしていた女だった。それを、久米蔵が強引に自分の妾にしたのである。

「お綱と権八を殺してくれ。俺はもう歩けねえ。だか、あのふたりが生きていちゃ、心残りで三途《さんず》の川を渡れねえんだ」

「ふたりを始末すればいいんですね」

「頼む。二十両出す」

「わかりやした。だが、あっしはお綱って女と権八の顔を知らねえ」

「似顔絵のうまい手下が描いたお綱の絵がある。それを持っていけ。権八は毛むくじゃらの男だ」

「わかりやした。でも、あっしが殺したとしても、親分はそいつを確かめられませんぜ。江戸から、ここまで死体を運んでこれねえ」

すると、久米蔵が言ったのは奇妙なことだった。

「ふたりの腕を切り取って持って来てくれ」

「腕を？」

「そうだ。お綱の左腕の肘の近くに、蝶のような痣がある。権八はさっき言ったみたいに毛むくじゃらだ。腕を見ればわかる。ふたりの腕を切り取って、俺の目の前に持って来てくれ。それで、ふたりの死を確かめる」

「わかったぜ。親分。さっそく江戸に行こう。権八は大柴源右衛門という旗本の屋敷にいるんですね」

「そうだ。だが、やっかいなことに、めったに外に出ないようだ」

「いや。そこに確かにいるのがはっきりしているなら、忍び込んでもやってやりますぜ」

「それを聞いて、安心したぜ」

久米蔵は仰向けのまま息を吐いた。安堵のため息だったのか。さらに、そのあと、急に思い出して言った。

「そうだ。隣村に、三河万歳の才蔵をしている磯七という百姓がいる。その男は、大柴源右衛門の屋敷で毎年、三河万歳をやるらしい。その男に、屋敷内の様子を聞けば、何かの参考になるかもしれない」

「磯七ですね。わかりやした。一度、磯七に会ってきますよ」

それから、義平は磯七に会いに、隣村まで行った。そこの村は、才蔵の稽古が盛んで、正月には出稼ぎで江戸に向かうのだという。

なにげない素振りで、磯七に近づき、話を聞き出した。沢市太夫の相方として才蔵を務め、毎年十二月二十日過ぎに、江戸の神楽坂にある『野田屋』という宿に行くということを聞き出した。

そして、十二月半ば過ぎ。江戸に向かった磯七のあとを追ったのだ。

途中で追いつき、大柴源右衛門の屋敷にいっしょに入れないかときいたが、磯七は無理だと言った。才蔵がふたりいてもいいのではないかと食い下がったが、相方の沢市太夫が何というかわからないと言った。磯七は義平を警戒していたのだ。やむなく、千住宿を出たところで、磯七を殺したのだ。義平にとって、ひとを殺すことは虫一匹殺すようなものだった。

義平は頓兵衛と名乗り、沢市太夫に近づいた。磯七の代わりだと言うのを、疑いもしなかった。

義平は見よう見まねの才蔵を演じたが、沢市太夫は、すぐに才蔵の技量がないことを見抜いたようだ。だが、才蔵がいなければ屋敷に上がれないので、沢市太夫は目を瞑《つむ》って万歳を始めたのだ。

いよいよ、大柴家へ上がり、万歳を演じたあと、酔っぱらったふりをして、女中衆を追いかけ、似顔絵に似た女を追い回し、つかまえて袖をまくって左腕を確かめたのだ。蝶のような痣があった。

風が出て来たようだ。風に煽《あお》られた雨が顔に当たり、義平は窓を閉めた。

あの男は何者なのか。またしても、義平は足の裏に刺さったとげのように、ゆうべの男の存在が気になった。

だが、義平に不安はない。これからは、多吉の傍にはあの男がいるかもしれない。

ふたり殺せると思うと、覚えず頰が緩んだ。心の臓を突き刺したときの快感は何にも代え難いものだった。

午後になって、義平は外出の支度をして部屋を出た。

梯子段を下って、居間を覗いた。角兵衛と妾の姿はなかった。ふたりして出かけたのかと居間に足を踏み入れたとき、奥の寝間から、あえぎ声が聞こえた。

真っ昼間からお盛んなことだと冷笑を浮かべ、義平は土間に下りた。

外に出た。雨は激しい。唐傘を持って、雨の中に出た。

亀久橋の袂にある船宿の船が雨に打たれている。その横で、今着いたばかりなのか、菅笠に蓑《みの》を羽織った船頭が小さな船をもやっていた。

道がぬかるみ、泥水をはねて、歩きづらい。

義平は途中で駕籠を拾って赤坂に向かった。威勢のいい若い駕籠かきは、酒手を弾むという一声に、濡れ鼠《ねずみ》になるのも構わず、泥水をはねながら雨中を駆けた。

思った以上に時間がかかり、『蓬萊家』に入ったのは、もう夕方近かった。

義平が顔を出すと、客待ちしていた女たちの中からお久が立ち上がった。こんな天気で、客足が鈍いようだ。

「いらっしゃい」

お久の顔が強張《こわば》っているように思えた。明らかにきのうとは違う。

お久が濯ぎの水を持って来た。手拭いで、顔や頭を拭いてから、梯子段を上がった。

部屋に落ち着いてから、改めてお久を見た。やはり、お久は怯えているようだ。

「どうした、寒いのか。なんだか震えているようじゃねえか」

「いえ、そんなことはありません」

「隠さなくてもいい」

「隠してなんか、いません」

「そうか。それならいいが」

「今、お茶を」

お久が逃げ出そうとしたので、義平はその腕を摑んだ。あっと、小さくお久が叫んだ。義平は低い声で言う。

「静かにするんだ」

「あなたは、誰なんですか」

お久は怯えた顔で言う。

「なぜ、俺を警戒するのだ。誰かに、俺のことをきいたのか」

義平は疑問を口にした。

きのう、ここを出てからのことを、お久は知らないはずだ。まさか……。

「おい、俺の何を知っているんだ?」

義平はお久を問い詰めた。

「何も知りません。だから、あなたのことを教えて欲しいんです」

「じゃあ、なぜ、そんなに怯えているんだ? 入って来たときから、様子が変だった。俺のことを誰かにきいたんじゃないのか。それとも、多吉がまたやって来たのか」

「多吉さん」

お久は悲鳴のような声を上げた。

「ふむ。まあいい。それより、多吉の隠れ家を教えてもらおうか」

「やっぱり、あなたは多吉さん目当てで、私に……」

俺がこの店を出たのが多吉を追うためだと、この女は気づいて、俺を警戒しているのかと、義平は考えた。

「多吉の隠れ家はどこだ？　牛込通寺町の古道具屋の二階から姿を消してしまった」

お久は目を背けた。

「知っているようだな。どこだ？」

「知りません」

「おめえ。多吉が何をしているか知っているのか」

義平はいたぶるように切り出した。

「何のことですか」

「多吉はおめえを身請けしようとしているらしいな。だが、その金をどうやって手に入れたか知っているのか」

「多吉さんは何をやっているんですか」

お久の顔つきが変わった。

「かどわかしだ」

「かどわかし？」

「子どもがさらわれた事件を知っているだろう。あれは、多吉の仕業だ。嘘じゃねえ。多吉にあったら確かめてみな」

「嘘」

「嘘なものか。最近、金回りがいいはずだ」

「まさか」

心当たりがあったのだろう、お久は唇をわななかせた。

「多吉はどこにいる？」

「多吉さんに会って何をしようって言うんですか」

「子どもをどこに隠したのか知りたいのよ。そして、もう、かどわかしなど、やめさせたい。それだけだ」

義平は嘘をついた。

「ほんとうに？」

「ほんとうだ。このままなら、また、かどわかしをやるぜ。おめえ、それでもいいのか。岡っ引きに捕まったら、多吉は獄門だぜ」

お久は顔を青ざめさせた。

「教えてくれなきゃ、もういい。内所に行って女将に話してくる。多吉という男はかどわかしの一味だとな」

義平は立ち上がった。

「待って」

お久があわてた。

「多吉さんに悪いことをやめさせるという今の話はほんとうなんですか」

「信用出来ないなら、それでいい」

「言います。ですから、内所に行くのだけはやめて」

「そうかえ。多吉の居場所さえ、教えてもらえればいいんだ。他のことには興味ねえ。さあ、どこだ」

「春日町の留蔵というひとの所に厄介になっているそうです」

義平が覚えず含み笑いをし、

「わかった。じゃあ、多吉のことは俺に任せろ」

と言い、義平は部屋を出た。

「多吉さんのこと、ほんとうに頼みます」

玄関で、お久は哀願した。

再び、義平は強い雨の降る中に出て行った。

三

神田旅籠町の『相模屋』を出た剣一郎は、雨に煙る両国橋を渡り、深川熊井町に向かった。

『相模屋』の番頭忠五郎のことが頭から離れない。角兵衛という男と忠五郎が同一人だとしたら……。

目の前に、雨の中にかすんだ『相模屋』の別邸が見えて来た。その門を入り、同じ敷地内にある『多幸園』に足を向けた。

こんな天気では、子どもたちは小屋の中に引っ込んだままだ。

『多幸園』の土間に入り、瓶から水を汲《く》んでいたお初に声をかけた。

「まあ、青柳さま。このような雨の中を。ただ今、お湯をお持ちします」

お初は目を見張って言う。

「かたじけないが、よい。ちょっと確かめたいことがあったのだ」

「はい。なんでございましょうか」

たすきを外して、お初は近寄った。

「春吉のことだが、最近、春吉に養子の話はなかったか」

　剣一郎は明確な考えがあったわけではないが、気になったことを確かめたかったのだ。

「はい。勘太郎と同じ村に行く話が出ていて、悩んでおりました」

お初はあっさり認めた。

「ということは、春吉は行きたくなかったというのだな」

「そうです。春吉は江戸で商人になりたいようでした」

「で、断ったのか」

「そうです」

「お稲荷さんにお参りするようになったのは、その後のことか」

「そうです。三沢村のことを断ってから、しばらくしてのことだったと思います」

「養子の件は相模屋から言われたのだな」

「はい。ご主人さまからです」

「うむ。わかった」

邪魔したと剣一郎は言い、『多幸園』をあとにした。

それから、剣一郎は本所亀沢町に向かった。いくぶん小降りになったようだが、まだ雨は降り続いている。きょういっぱいは降り通しのようだ。

竪川を越え、亀沢町にやって来た。

一膳飯屋の『田中屋』は小さな店だった。破れかけている戸障子の前に立ち、傘をすぼめ、雨の滴を切ってから、戸を開けた。

卓が四つ並んでいるが、まだ客はなく、小女が手持ち無沙汰そうに樽椅子に座っていた。剣一郎を見て、すぐに立ち上がったが、左頬の痣を見て、何か呟《つぶや》いた。青痣与力と言ったようだった。

緊張して突っ立っている小女に声をかけた。

「すまぬ。ちょっとききたいことがある」

剣一郎は角兵衛と多吉の特徴を話し、

「このふたりのことを覚えているか」

と、訊ねた。

「はい。ときたま、隅でこそこそ話していました」

まさか、かどわかしの相談をこんな場所でしているとは誰も思わなかったであろう。

「ふたりのうち、三十半ばの大柄な男について何か知っていることはないか」

「どんな詰まらんことでもいい。何か気づいたことはないか」

「なんでもいいんですか」

小女は遠慮がちにきいた。

「ああ、どんな些細なことでもいい」

「あのおふたりが引き上げたあと、そこにいたお客さんが、今のひとは雰囲気は違うけど、『相模屋』の番頭さんによく似ていると言っていました」

「なに、『相模屋』の番頭に？」

「はい」

そのとき、板場から年寄りの亭主が出て来た。

「青柳さまでございますね。どうも、ご苦労さまでございます。こいつの言うのはほんとうです。その客ってのは、近くに住んでいる職人ですが、何度か『相模屋』に質入れしたことがあるそうで。で、番頭さんの顔を見ていたそうです。で、声をかけようとして、やめたそうです。番頭さんは穏やかな顔をしているけど、ここに来たひとは怖い目つきで、やはり別人だろうと思ったそうです」

亭主は嗄《しわが》れ声で話した。

「いったんは声をかけようとしたのか」

「そうです」

やはり、似ていたのだ。いや、同一人の可能性が強まったとみていい。

「いや、助かった。礼を言う」

「とんでもねえ」

そこに戸が開いて、職人体の男がふたり入って来た。

「いらっしゃい」

小女が元気のよい声を張り上げた。

「よく降りやがるな」

そう言いながら、ふたりは奥の卓に向かった。が、途中で、剣一郎に気づいて、どうも、と頭を下げた。青痣が目に入ったようだった。

「邪魔した」

剣一郎は店を出た。

雨は相変わらず降り続いていた。

剣一郎は傘を差して、竪川に出て、川沿いを東に向かった。いったん弱まったかに思えた雨脚も再び激しくなった。桐油合羽も用をなさないほどに思われた。

四ッ目橋を渡り、深川猿江村のほうに入った。周囲の田圃が雨に煙り、左手にある猿江御材木蔵も霞《かす》んでいた。

多吉は、この界隈に角兵衛の隠れ家があるのではないかとみているという。角兵衛と『相模屋』の番頭忠五郎は同一人とみて間違いない。そのことを気づかれぬうちに、多吉ら三人を始末しようとしたのだろう。

小名木川に突き当たり、左に折れる。やがて、大きな屋敷の前に差しかかった。旗本大柴源右衛門の下屋敷だ。

行き過ぎてから、剣一郎は立ち止まって振り返った。

下屋敷は雨に打たれて、ひっそりとしている。このあたり一帯は大名の下屋敷が多い。

川には大きな荷足船がもやってあった。剣一郎は立ち止まり、その船を見つめた。かどわかした子どもを船でここに連れて来ることは可能だ。どこかの下屋敷に、かどわかされた子どもたちがいるかもしれないと、ふと思った。

だが、何一つ、証拠があるわけではなかった。

何も出来ないまま、剣一郎はそこをあとにするしかなかった。

小名木川沿いを西に向かい、隅田川に突き当たってから左に折れ、永代橋に向かった。

雨で行き交うひとも少ない。水たまりで泥水を撥《は》ね、裾をからげた剣一郎の素足も冷たく汚れている。

水を撥ねる足音が背後から近づいて来た。最前より、背後についてくる足音に気づいていたが、今その足音は危険を孕《はら》んで迫って来た。

剣一郎は傘の柄を右手に持ち替え、左手で刀の鯉口を切った。水音が大きくなった。傘を脇に飛ばし、剣一郎はふり向きざまに抜刀し、背後から襲ってきた剣を振り払った。

剣一郎は足駄を脱ぎ捨て、正眼に構えたとき、よろけた相手は体勢を立て直し、今度は剣を突き刺すように突進して来た。

その剣を下からすくい上げて払う。激しく勢いのある剣だ。命をなんとも思わぬ無鉄砲さがある。

相手は攻撃の手を緩めず、さらに上段から斬りかかってきた。

体を開いてかわし、剣一郎は隙の出来た相手の小手に剣を振り下ろした。だが、相手も素早く身を翻《ひるがえ》して逃れた。

やっと相手が距離を置いて構えた。菅笠を被り、蓑を身につけていた。そして、菅笠の下の顔には黒い布で鼻から下を隠している。

剣一郎は正眼に構えをとり、

「何奴だ」

と、声をかけた。

雨が激しく顔に当たる。目に雨が入る。この悪条件は相手も同じだが、相手は菅笠をかぶって、顔に当たる雨を防いでいる。

桐油合羽を着ていても、着物は雨を吸い込んでいた。肌にへばりつき、手足の自由を奪っている。相手が間合いを詰めてきた。雨が顔に当たり、そのたびに目が霞んだ。

その隙をとらえたように、相手が伸び上がるようにして剣を振りかざしてきた。剣一郎は腰を落として踏み込む。

そして、すれ違いざまに剣を下からすくい上げた。が、相手は敏捷《びんしょう》な動きで、剣一郎の剣を避けた。

体が入れ代わり、相手はすぐさま振り向いて剣を構えた。が、菅笠が二つに裂けて、顔をさらけ出した。その顔に、雨粒が容赦なく当たる。

敵は踵を返した。二十代の若者の顔だった。その顔に覚えがあった。いつぞや、大柴家の上屋敷の前で見かけた若い侍のようだった。

足駄が転がり、傘は川っぷちにある柳の木まで飛ばされていた。

自身番で休んでいくことも考えないではなかったが、わざわざ労をかけるのを遠慮し、剣一郎は濡れ鼠のまま足駄を履き、傘をとって、永代橋を渡った。

今の男は大柴源右衛門の下屋敷から追いかけて来たのか。なぜ、襲って来たのか。

八丁堀の組屋敷に帰ると、若党の勘助が驚き、その声で出て来た多恵もるいも、剣一郎の無残な姿に声を失っていた。

「足を滑《すべ》らせて転んでしまった」

剣一郎はわざと苦笑した。

「お湯が沸いております。さあ、湯殿へ」

多恵が笑いをこらえて言う。

台所から湯殿に行き、へばりついた着物を剝ぐように脱いで、湯船に浸《つ》かった。

すっかり冷えた体が温まり、ようやく人心地がついた。

「お加減はいかがですか」

多恵が着替えを持って来た。

「うむ。結構だ」

「あれでは風邪を引いてしまいます」

「さっき、俺の恰好はそんなにおかしかったか」

剣一郎は多恵が笑いをこらえていたことを思い出した。

「隠すことはない。自分でも、さぞ変な姿であろうと想像がついている」

「はい。青痣与力の威厳もなにも、まったくありませんでした」

「そうか。ということは、素の俺が出ていたということか」

「まあ、そうですわね」

再び、笑いをこらえて多恵は出て行った。

湯船に浸かりながら、剣一郎は襲って来た男のことを考えた。大柴源右衛門の配下の者だ。

しかし、なぜ、襲わねばならないのか。

剣一郎がじっと下屋敷を眺めていたのを、あの若侍が見ていたとしか考えられない。用心をしているのだ。それは必要以上な用心としか思えない。

湯から上がり、部屋でくつろいでいると、植村京之進がやって来た。

さっき湯に向かうとき、勘助に呼びにやらせたのだった。大下半三郎はまだ屋敷に帰っていなかった。

「きょう、『蓬萊家』を見張っていたところ、頓兵衛らしき男がやって来ました。ところがお久を問いただしたのですが、妙なことに頓兵衛が何を言ったのか、何も話してくれないのです」

「かどわかしのことを、頓兵衛から聞いたな」

「私もそう思います。そして、多吉の住まいも聞き出したはずです」

「今夜、襲うか」

「可能性はありますので、大下どのが春日町の留蔵の家を遠巻きに張り込んでいます」

「そうか。じつは、角兵衛についてわかったことがある」

そう前置きして、『相模屋』を調べるように指示した。

四

その夜、多吉と文七は戸締りをした上に、武器となるこん棒を枕元に用意していた。まだ、雨は降っている。きょうは、一日中降り通しだった。

夕方に、留蔵に『蓬萊家』に行ってもらい、お久に会って来てもらったのだ。すると、殺し屋がきょうの昼間、やって来たという。

そこで、多吉が留蔵の家に厄介になっていることを、お久は殺し屋に話したのだ。殺し屋に居所をかぎつけられたことの衝撃より、かどわかしの件をお久に知られたことのほうが五体を引き千切られるほどの痛みを伴った。

「多吉さん。ここにいたんじゃ危険だ。留蔵さんまで巻き添えにしてしまう。俺のところに来ないか」

留蔵の話を聞いた文七は、そう言った。

「文七さんの家にか」

「そうだ」

「いや、逃げねえ。奴を迎え撃つ。闘う」

「闘う？　奴を迎え撃つというのか」

「そうだ。奴から角兵衛のことを聞き出すんだ」

かどわかしの件を話した上に、お久を騙して俺の居場所を聞き出した男が許せないという気持ちもあった。

「文七さんとふたりなら、奴と張り合える」

多吉は逃げても無駄だと思った。どうせ、しつこく追って来る。だったら、こっちから迎え撃つ。そう腹を決めたのだ。

「わかった。多吉さんがそのつもりなら、俺もそうしよう。だが、奴の力は半端じゃねえ。心張り棒がかってあっても、強引に戸を蹴破って押し入ってくることも頭に入れておいたほうがいい」

そういう文七の言葉で、こうして武器を用意して一夜を明かそうとしているのだ。

今夜も、留蔵は酔いつぶれて眠っていた。歳のせいか、留蔵はめっきり酒に弱くなったようだった。

この留蔵も、お久の行く末を案じているのだ。

今、お久がどんな気持ちでいるのかを考えると、胸が張り裂けそうになる。

「多吉さん」

文七が声をかけた。

「お久さんは、多吉さんがあんなだいそれた真似をしたのは自分のせいだと泣いていたと言うじゃねえか」

お久が留蔵に訴えたのだ。

「どうだろう。お久さんのためにも、角兵衛に復讐をするより、かどわかした子どもたちを助け出そうじゃねえか。そのことが結果的には、角兵衛への復讐になるんじゃないのかえ。確かに、清五郎さんや喜助さんを殺された恨みは強いだろう。だが、子どもたちを助けることによって、その恨みも晴らせるのと違うか」

「それはそうだが」

「まずは、子どもたちを助ける。お久さんのことを思うとそうすべきだ」

「お久……」

そうだ。お久の心を救うには、この手で子どもを助けるしかない。

「だが、そんなこと出来るだろうか。手掛かりが何もないんだ」

多吉はすがるようにきいた。

「いや、ある。まず、角兵衛の顔を知っているのは多吉さんだけだ。それに、おまえさんは、子どもを運んで行く船を見ているんだ」

「船……」

多吉はかどわかした子どもを船まで運んだときのことを思い返した。夜のことだから、暗くて船はよく見えなかった。

船は荷足船だというだけで、その特徴はわからない。だが……。そうだ、目印の赤い布を垂らした提灯を見ていた。

「目印に赤い布か」

　夜が更けて、雨音がだんだん小さくなっていった。

「雨が止んだようだな」

　文七が緊張した声を出した。

　しばらくして、外でことりと音がした。はっと聞き耳を立てた。文七が立ち上がって、戸口に向かった。

　風が出て来たのか、何かが板塀に当たる音がした。

「風のせいか」

　文七が戻って来た。

　留蔵は鼾《いびき》をかいて眠っている。

　戸の外で、どぶ板を踏むような音が聞こえた。足音だ。風ではない。

　再び、文七が土間に下りた。戸障子に耳をあてがい、外の様子を窺っている。多吉は息を呑んで見守った。

　足音が消えた。

　文七がこっちにやって来て、

「外の様子を見てくる。あっしが出たら、すぐ心張棒をかうんだ」

と、囁《ささや》いた。

「いや。俺も行く。もし、奴が現れたら、ふたりで闘うんだ」

多吉はこん棒を手に言った。

「よし」

戸口の前で文七が言うと、多吉は心張棒を外した。

文七が路地に出た。

雨は上がって、星が出ていた。路地の奥は漆黒の闇だ。文七は井戸のほうに向かった。それから引き返し、木戸の前に行った。木戸は閉まっている。木戸を開けるには木戸番に開けてもらうしかない。ひとが通った形跡はないが、その気になれば、乗り越えるのは難しくない。

だが、ひとまず安心して、引き返そうとした。そして、踵を返したとき、ふと屋根の上に黒い影を見た。

あっと小さく叫んだとき、黒い影は闇に紛《まぎ》れて消えた。

「奴だ」

文七も今の影を見ていた。

三十日、多吉は文七と共に春日町を出た。そして、両国橋を渡り、竪川沿いに四ッ目橋までやって来た。

結局、頓兵衛は長屋を襲ってはこなかった。だが、頓兵衛がつけて来ている可能性は十分にあった。周りを見渡したが、怪しい人影はなかった。

四ッ目橋を渡った。角兵衛のあとをつけたときのことを思い出す。あのとき、角兵衛は多吉たちをこっちに誘い込もうとしたのだ。その危険を感じて、尾行を諦めたのだが、もし、あのままつけて行ったら、清五郎と同じように殺されて十万坪に棄てられることになったかもしれない。

両側に田圃が続いている。やがて、猿江町を突っ切ると、小名木川に出た。対岸に砂村十万坪がある。今度は川沿いを左に折れ、東に向かった。

川に荷足船が通った。川の両側は武家屋敷で占められている。

武家屋敷の向かいにある桟橋に荷足船がもやってあった。多吉は何気なく見ながら通った。比較的大きな船だというだけで、特に印象深いものではないのだが、目を離し、そして行き過ぎてから何か脳裏に残ったものがあった。

多吉はふいに足を止めた。

「どうしなすった？」

文七が訝《いぶか》った。

「今の船……」

多吉は引き返した。

そして、船の傍に行った。さっきひっかかったものには気づかなかった。さらに、戻り、さっきの再現をするように、だんだん近づいて行って船を見た。

やはり何の変哲もない船だ。気のせいだったかと、諦めかけたとき、舳先《へさき》についていた提灯に目がいった。

そうだ。この提灯を見たのだ。

「どうした、この船に何かあるのか」

「あの布だ」

「布？」

「提灯に赤い布が垂れている」

「目印の布か」

文七がその目の前にある武家屋敷に目を向けた。

「多吉さん。そこは旗本大柴源右衛門の下屋敷だ」

「旗本……」

「そうだ。小川町に屋敷がある」

「ひょっとして」

多吉は下屋敷に目をやった。

「あそこにかどわかされた子どもが監禁されているんじゃないだろうか」

「しかし、ここは旗本屋敷だ」

文七は呟いてから、

「門が開く」

と、身を隠すようにしてその場を離れた。

途中で振り返ると、屋敷から乗物が出て来た。大柴源右衛門が下屋敷に来ていたようだ。供の者を従え、駕籠はゆっくり小名木川沿いを西に向かった。

駕籠が去ってから、再び静かになった。

「文七さん。あそこに忍び込んでみる」

「ばかな。危険だ」

「いや。危険でもやらなきゃならねえ。子どもがいるかどうかだけでも確かめなきゃならないんだ」

文七は何か言いたそうだったが、ふと表情を和《やわ》らげた。

「よし、わかった。だが、俺もいっしょに行く。忍び込むのは俺のほうが得意だ。俺に任せてくれ」

途中、どこかの屋敷の裏道に入り、大柴源右衛門の屋敷の裏手にまわった。塀の内側の土蔵の見える場所にやって来た。

「閉じ込められているとしたら、あの土蔵の中だ。忍び込むのはここからだ」

塀の傍に銀杏《いちょう》の樹があった。枝が塀のほうに伸びている。

その枝に飛びつき、文七は身軽に塀の上によじ登った。それから屋敷内の様子を窺ってから、手を伸ばし、多吉を引き上げた。

ふたりは庭に下り立った。土蔵の裏手だ。ここなら中の人間に見つかる恐れはなかった。

しかし、土蔵の正面にまわろうとして、文七が動きを止めた。

「見張りがいる」

多吉も首を伸ばした。

土蔵の前に、ひとが立っていた。これでは、土蔵の正面に行けない。そのとき、どこからか子どもの叫び声が微かに聞こえた。

「間違いない。この中に子どもがいる」

文七が声を抑えて言い、

「これ以上は危険だ。さあ、行こう」

と、急《せ》かした。

再び、塀を乗り越え、外に出ようとしたとき、曲者《くせもの》、という叫び声を聞いた。

「しまった」

文七が叫んだ。

若い侍が現れた。

「盗人《ぬすつと》か。容赦はせぬ」

そう言い、侍は抜刀した。

文七が懐に呑んだ匕首を抜いた。

「多吉さん。俺に構わず逃げるんだ。そして、いいか。八丁堀の青柳剣一郎さま、青痣与力の屋敷に駆け込め。いいな。さあ、早く」

文七は叫ぶと同時に、若い侍のほうに踏み込んで行った。若い侍が上段から斬り下ろした。文七は匕首で剣を弾いてかわした。

「文七さん、すまねえ」

多吉は塀をよじ登り、外に飛び下りた。

と、そこに頓兵衛がにやにや笑いながら待っていた。

五

この日の朝、剣一郎は出仕すると、宇野清左衛門と長谷川四郎兵衛に会った。

「子どものかどわかしは、神田旅籠町にある『相模屋』の主人惣兵衛と番頭忠五郎の仕業である可能性が強まりました」

剣一郎は報告した。

「それは真《まこと》か」

長谷川四郎兵衛が身を乗り出した。

「青柳どの。苦し紛《まぎ》れの言いのがれではあるまいな」

きょうは三十日。長谷川四郎兵衛との約束の期限である。この日までに事件を解決せよとの厳命だった。

「いえ、決して。ただ、確固とした証拠はありませぬ」

「なに、証拠がないだと」

ふんと鼻で笑い、

「それでは、苦し紛れの言い訳としか思えぬではないか」

と、長谷川四郎兵衛は顔をしかめた。

「ただ、番頭の忠五郎が角兵衛と名乗り、かどわかしを指示していたことは間違いないと思われます」

「で、青柳どの。子どもの居場所はわかったのか」

「大方」

「ええい、手ぬるい。何が大方じゃ」

宇野清左衛門は長谷川四郎兵衛を無視してきいた。

「子どもはどこにいるのだ？」

「旗本大柴源右衛門さまの下屋敷」

「な、なんと。旗本……」

宇野清左衛門が目を剝き、

「確たる証拠もなく、お旗本に対してそのような疑いをかけるとは」

と、長谷川四郎兵衛が呆《あき》れたように言った。

「長谷川どの、少しお静かになさい」

珍しく、宇野清左衛門が長谷川四郎兵衛をたしなめた。

「なんですと」

長谷川四郎兵衛は顔を真っ赤《まか》にし、何か言い返そうとして口をあえがせたが、声にならなかった。

「『相模屋』は旗本にも金を貸しております。おそらく、大柴源右衛門さまも借りているのではないでしょうか」

「そうであろう」

「宇野さま。一つお訊ねしたきことが」

「なんだ？」

「大柴源右衛門どのの知行地は上州の三沢村」

「そうだ。三沢村だ」

「そこで何か行なわれてはおりませぬか。何か人手を要するようなことが？」

「さよう。年貢米の減少に苦労しているとか。確か、村民に荒地の開墾《かいこん》を促し、新たな田地を作るように奨励しているとのこと。まさか、そのために」

「はい。旗本屋敷に乗り込むわけにはいきませんので、相模屋から責めたいと存じます。どうぞ、お許しを」

「わかった」

宇野清左衛門が答えると、すぐに長谷川四郎兵衛が、

「宇野どの。もし、間違っていたら何とする」

と、大声を張り上げた。

「そのときは、腹を切りましょう」

宇野清左衛門がきっぱり言った。

「私は青柳どのを信用しております」

「ふん」

長谷川四郎兵衛は怒ったように立ち上がった。

「じつは、猿江村にある大柴源右衛門の下屋敷を眺めた帰り、何者かに襲われました。どこからか見張られていたのです。あとで思い返せば船でございました」

「船だと」

「はい。下屋敷の前の船着場に荷足船がもやってありました。おそらく、あの船にひとがいたのだと思います。私が下屋敷を眺めているのを見ていたので、危険だと思ったのでしょう。それだけ、下屋敷はどこかぴりぴりしている様子。近々、何かあるように見受けられます」

「何かとは？」

「もし、子どもが監禁されているとしたら、その子どもたちをどこかに移すのではないでしょうか」

「よし。青柳どの。自由にやられよ。あとの責任は私が負う」

「宇野さま。ありがとうございます」

剣一郎は覚えず低頭した。

続いて、年寄同心詰所に待たせてある植村京之進や大下半三郎ら同心を呼び集め、これまでの経緯を話した。

「大柴源右衛門は『相模屋』からだいぶ金を借りているようだ。相模屋惣兵衛は、上州の三沢村の出であり、大柴源右衛門の知行地はまさに三沢村にある。このことからも、両者の結びつきは強いようだった。多吉を番頭忠五郎に引き合わせれば、角兵衛と同一人であるかどうか、はっきりするのだが、今はその余裕はない」

剣一郎は続けた。

「この際、少し強引だが、相模屋と番頭忠五郎の身柄を取り押さえる。ふたりが、そう簡単に自白するとは思えないが、忠五郎に多吉を引き合わせればすべて明らかになる。相模屋のほうを京之進。それから、引き続いて半三郎には多吉のほうに目を配り、頓兵衛の捕縛に努めるように」

「畏まりました」

他の同心には、大柴源右衛門の下屋敷周辺を遠巻きに、気づかれぬように包囲するように指示した。

いったん、屋敷に戻った剣一郎は着流しに深編笠をかぶって、京之進のあとを追い、神田旅籠町にやって来た。すでに、相模屋と番頭忠五郎は佐久間町の大番屋に引っ立てられたあとだった。

剣一郎は大番屋に入った。

ふたりは奥にある仮牢に閉じ込められていた。剣一郎が仮牢の前に立つと、相模屋が近寄って来た。

「青柳さま。これはいったい、どういうわけにございますか」

相模屋が温厚そうな顔を歪《ゆが》めて訴えた。隣で、しおらしく忠五郎が俯《うつむ》いている。

「相模屋。じつは、そなたにある疑いがかかっているのだ。その前に、番頭忠五郎に訊ねることがある」

剣一郎が言うと、忠五郎が顔を歪めた。

小者に忠五郎を引き出すように言い、剣一郎は吟味の座敷の前に戻った。

忠五郎が土間の真ん中に引き連れられて来た。

「ご無体な」

忠五郎は弱々しい声で抗議しながら筵《むしろ》の上に座らせられた。

剣一郎は忠五郎に顔を向けた。

「忠五郎、これから訊ねることに、嘘偽りなく答えるように。よいな」

「わかりましてございます。で、なんでございましょうか」

「まず、そなたの出身からきこう。どこだ？」

「高崎です」

「いつ江戸に出て来た？」

「五年ほど前にございます」

「どういうわけで、『相模屋』で働くようになったのだな」

「呑み屋で旦那さんと知り合い、気に入っていただいて誘われたのでございます」

「どんな仕事をするために誘われたのだ？」

「帳場に出ることにございます」

「金の取立てではないのか」

「いえ、違います」

「まあ、いい。ところで、角兵衛なる男を知っておろう」

「とんでもありませぬ。角兵衛など、私は知りませぬ」

　忠五郎は大仰に否定した。

「そうか。では、多吉という男を知っておるか」

「いえ、知りません」

「おまえが、本所亀沢町の『田中屋』という一膳飯屋で会っていた男だ」

「いえ、いっこうに何のことだか」

　忠五郎はとぼけた。

「そうか。多吉に引き合わせればはっきりする。それまで、ここで辛抱してもらおう」

「そんなご無体な。なぜ、なにもしない者にこんな真似をなさるのでございますか」

　忠五郎が不服を訴えた。

「では、もう一つ、訊ねる。頓兵衛という男を知っているか」

「頓兵衛など、存じません」

「もういい。次に、相模屋を」

　剣一郎は忠五郎を仮牢に戻し、相模屋惣兵衛を呼んだ。

「さて、相模屋。そなたの生まれは上州の三沢村だそうだな」

「はい」

「三沢村は旗本大柴源右衛門どのの知行地。そうだな」

「そのとおりでございます」

相模屋は畏まって答えた。

「勘太郎をはじめ、何人かが『多幸園』から、その村の者に養子としてもらわれていった。そうであったな」

「はい。そのとおりでございます」

「春吉はどうなのだ？」

「どうなのだと申しますと？」

「春吉にも三沢村への話があったそうだが」

「いえ……」

「相模屋。隠すことか」

「恐れ入ります」

「春吉は断ったそうだが、それに相違ないか」

「はい。江戸で商人になりたいと申しますので」

「うむ。春吉はある日を境に、たったひとりで稲荷にお参りするようになった。誰かに、そのようにしろと言われたためと思われる。そのほうが何か吹き込んだのではないのか」

「とんでもありませぬ」

「三沢村では、荒地の開墾を村人に奨励しているようだが、さぞかし人手が必要なのであろうな」

　相模屋は押し黙った。

「相模屋。そなたは、孤児の面倒をみてきた。まれにみる慈愛に満ちた者だと、かねてより感心してきた。しかし、『多幸園』から里親を見つけて出て行く子どもが、皆三沢村に行くというのはどういうことだ？」

「それは、私があの村の者とつながりがあり……」

「あの村の者とは、知行地の代官ではないのか」

「いえ、そのような……」

　相模屋はしどろもどろになった。

「相模屋。子どもたちはどこにいる？」

「知りませぬ」

「大柴源右衛門どのの下屋敷か」

相模屋が目を見開いた。

そのとき、大番屋の戸が開き、大下半三郎の手の者がやって来た。

相模屋を仮牢に帰し、剣一郎はその者の傍に行った。

「頓兵衛が多吉たちのあとをつけて両国橋を渡って行きました。今、大下の旦那があとをつけています」

「よし」

あとを京之進に任せ、剣一郎は編笠をかぶって大番屋を出た。

両国橋を渡って、竪川に出たとき、大下半三郎が待っていた。

「青柳さま。申し訳ありません。見失いました」

一ッ目弁天付近で頓兵衛を見失ったという。

「頓兵衛は多吉たちを尾行していたはずなのに、途中で道を分かれたのです。不思議に思いながら、頓兵衛のほうをつけたのですが」

大下半三郎は気落ちしていた。

「おそらく、頓兵衛は尾行に気づいていたのだ。だが、気にするな。行き先はわかる。さあ、行くぞ」

おそらく、頓兵衛は多吉たちがどこへ向かうのか予想がついたので、多吉を追わず、尾行者をまくほうに精力を注いだのだろう。

多吉が向かうのは猿江村だ。大柴源右衛門の下屋敷に違いない。

そして、剣一郎が大柴源右衛門の屋敷に近づいたとき、屋敷の裏手のほうから悲鳴が聞こえた。剣一郎はそっちに足を向けた。すると、三十間（約五十五メートル）ほど先にある銀杏の樹の近くで、二つの人影を見つけた。剣一郎は走った。今まさに、頓兵衛らしき男が匕首をかざし、多吉の心の臓に狙いを定めているところだった。

剣一郎は柄から小柄を掴むや、頓兵衛目掛けて投げつけた。風を切ってまっすぐ飛んで行った小柄は、頓兵衛の匕首によって弾き飛ばされた。

が、その隙に、多吉が逃げ出した。

剣一郎がゆっくり頓兵衛に近づく。頓兵衛が踵を返した。だが、すでに大下半三郎がまわり込んで、頓兵衛の行く手を遮った。

「頓兵衛。ほんとうの名はわからぬが、もう年貢の納め時だ」

剣一郎は剣を抜いた。

「忠五郎こと角兵衛はお縄にした」

ふんとあざ笑い、頓兵衛は匕首を構え、腰を落とした。そして、臆することなく、ゆっくり近づいて来た。

背後から、大下半三郎が頓兵衛に迫る。

それを予期していたかのように、剣一郎を襲うと見せかけ、頓兵衛はいきなり身を反転させ、大下半三郎に向かった。

あわてた大下半三郎は匕首をかわすのが精一杯で、体をよろけさせた。すぐに、頓兵衛は大下半三郎の横をすり抜け、かなたに去って行った。

無駄のない敏捷な動きだった。

振り返ると、多吉がいなかった。大下半三郎の手の者が、

「あの屋敷の角を曲がって行きました」

と、叫んだ。

剣一郎ははっとした。

「多吉を探せ」

大下半三郎に言い、剣一郎は多吉の去った方角に走った。

頓兵衛の素早い逃げ方に幻惑されたが、頓兵衛の狙いは多吉だ。逃げたと見せかけ、どこからか迂回《うかい》して、多吉を追って行ったのだ。

「向こうへ。俺はこっちへ行く」

途中の曲がり角で大下半三郎に言い、剣一郎は田圃のほうに向かって走った。

するとと、ある屋敷の裏手の空き地に、逃げて行く多吉と追っている頓兵衛を見つけた。剣一郎は走った。

多吉が武家屋敷の壁に追い詰められていた。

「頓兵衛、待て」

駆けながら、剣一郎は叫んだ。

頓兵衛が顔を向けた。

「もう逃さぬ」

剣一郎は頓兵衛に迫った。大下半三郎がやって来た。

「半三郎。多吉を頼む」

「はっ」

と、大下半三郎は多吉の傍に行った。

「頓兵衛。そなたの本名は?」

「俺は義平だ」

「義平か。忠五郎こと角兵衛とはどういう関係だ?」

「昔、上州の賭場でいっしょだった。もういいだろう、青痣与力」

腕をまくり、匕首を構え、

「青痣与力と立ち合えるなんて幸運だぜ。青痣与力を殺ったら、俺の株も上がるぜ」

と、頓兵衛こと義平は不敵な笑みをもらした。

「義平。そなたにはいろいろ他にも訊ねたいことがある。だから、殺すわけにはいかぬ」

剣一郎は刀の峰を返した。

「期待にはそえねえな。じゃあ、行くぜ」

自信に満ちた余裕が、義平にはあった。

剣一郎は八相に構え、間合いを詰めた。義平も十分に腰を落とし、匕首を胸元に構えてじりじりと迫ってきた。

風が木の葉を運んだ。義平の足元に木の葉が舞い降りた。

間合いはさらに詰まった。と、いきなり義平は跳躍すると、匕首を剣一郎の胸もと目掛けて突いてきた。

凄まじい速さだ。だが、剣一郎が剣で払う寸前に、切っ先が急に頓兵衛の手元に引っ込んだ。

今、右にいたかと思うと、左に動き、その間にも、匕首を突き出す。見事な動きだ。そうやって、左右に動きながら、剣一郎の狙いを外させ、そして、逆に、剣一郎の隙を狙っているのだろう。

剣一郎は心持ち剣を下げた。そして、わざと気を抜き、隙を与えた。義平の動きが止まった。その瞬間、目にもとまらぬ勢いで義平が突進してきた。

剣一郎は間合いを図り、剣を横にないだ。

峰は相手の脾腹《ひばら》を打ちつけた。奇妙な悲鳴を上げ、義平はうずくまるように倒れた。

大下半三郎の手の者が義平に縄を打った。

「多吉だな」

青ざめている多吉に声をかけると、

「はい。恐れ入りました」

と、多吉は言ってから、すぐに思い出したように、

「たいへんだ。文七さんが危ない。大柴源右衛門の屋敷の者に見つかったんです」

「なに、文七が」

事情を聞いてから、剣一郎は言った。

「あの者のことなら心配ない。必ず、逃げ出している」

そうは言ったものの、気がかりだった。

「あの屋敷の土蔵に子どもが監禁されています。すぐに、子どもを助け出してやってください。お願いします」

「旗本屋敷へは入り込めぬ。半三郎」

「はっ」

「これより大柴源右衛門の下屋敷に行き、この屋敷に忍び入った者が土蔵に子どもの声を聞いたと言っている。ぜひ、改めさせてくださいと言うのだ。当然、拒絶するだろう。それはそれでよい」

「わかりました」

すぐ、大下半三郎は下屋敷に向かった。

その間、剣一郎は多吉から事情を聞き出した。子どもをかどわかしたことからすべてを話したあと、

「俺は獄門ですね」

と、多吉はへたり込んだ。

「おかみにも慈悲はある。これからが大事だ。よいな」

「へえ」

大下半三郎が戻って来た。

「用人らしい侍が出て来て、そんな子どもなど我が屋敷と関係ないと取りつくしまがありませんでした」

「それでよい」

大下半三郎は義平をひったて、剣一郎は多吉を伴い、佐久間町の大番屋に戻った。

そこで、多吉を忠五郎に引き合わせた。

仮牢から引きずり出された忠五郎を見て、多吉は興奮した。

「角兵衛」

「私はそんな者ではない」

忠五郎が顔を背けた。

「とぼけるな。俺の顔を見忘れたか」

多吉が忠五郎の胸ぐらに摑みかかった。

「なにをする」

「角兵衛。よくも清五郎と喜助を殺したな」

「知らん。そんな男は知らん。お役人さま、なんとかしてください」

忠五郎は哀れっぽい声を上げた。

「おい、角兵衛よ。往生際が悪いぜ」

後ろ手に縛られた義平が侮蔑《ぶべつ》したような顔で声をかけた。

ぎょっとしたように、角兵衛は声の主を見た。

「おまえは義平……」

「ああ、このざまだ」

「この野郎。てめえがへましやがったばかりに」

角兵衛が義平に飛び掛かろうとして、植村京之進に押さえつけられた。

「忠五郎こと角兵衛。観念せよ」

剣一郎が一喝すると、角兵衛がはっとして肩を落とした。

「角兵衛。子どもは大柴源右衛門の下屋敷だな」

「へい。そうです」

角兵衛は観念した。

「六人ともいっしょか」

「へい」

「いつ、子どもたちを向こうに連れて行くことになっている？」

「明日です。暖かくなるまでに子どもの数をそろえ、まとめて送るつもりでした」

角兵衛は肩を落として言った。仮牢で、相模屋惣兵衛は呆然としていた。

その夜、剣一郎は闇に紛れて大柴源右衛門の下屋敷に近づいた。植村京之進や大下半三郎、それに奉行所の応援の者も近くの暗闇に待機していた。

今夜、動きがある。剣一郎はそう睨《にら》んだ。一刻も早く、子どもを連れ出そうとするはずだ。

屋敷に踏み込めないのなら、外に出て来るのを待つしかなかった。

新月で、辺りは真っ暗だ。星明かりが微《かす》かに辺りの風景を浮かび上がらせている。

五つ（午後八時）をまわった。深夜のような静けさだった。が、微かな物音が聞こえた。

裏門が開いた。剣一郎は身を伏せた。提灯の明かりが川に向かった。やがて、複数の黒い影が現れ、提灯のあとに続いた。

背に荷を背負っている。袋に押し込めた子どもたちに違いない。

最後の一つが船に乗り込んだ。

下屋敷の門が閉まった。

「よし、行くぞ」

剣一郎が声をかけると、植村京之進が提灯の明かりをかざした。

いっせいに、無数の提灯の明かりが船に殺到した。

「御用により、その船を改める。手向かいいたすな」

剣一郎が大声を発した。

船からぱらぱらと男たちが飛び出して来た。皆、遊び人ふうの男たちだ。雇われた者たちだろう。

皆、懐に匕首を呑んでいたが、捕方に圧倒されたように、手向かいすることなく、あっさり岸に上がって来た。

剣一郎は船に乗り込んだ。岸から提灯の明かりが船を照らした。町方が大きな荷をどけ、板をどける。

覚えず、おうっと剣一郎は声を上げた。

子どもたちが手足を縛られ、口に猿ぐつわをされて横たわっていた。六人だ。

「こんな窮屈なところに」

すぐに、剣一郎は子どもたちを助けた。

京之進が舳先に立ち、提灯を振った。静かに、船が横付けになった。

「皆、歩けるか。こっちの船に移るのだ」

子どもたちを手分けして、奉行所で用意した船に移した。

「八丁堀だ」

子どもたちをまず与力の屋敷に連れて行き、今夜はそこで休ませるのだ。

全員が乗り移ったのをたしかめてから、剣一郎は岸に戻った。

船を見送ってから、改めて剣一郎は大柴源右衛門の下屋敷の門前に佇んだ。

「お願い申す」

剣一郎は扉を叩いた。

やがて、静かに脇門の扉が開いた。

若い武士が現れた。いつか用人の村田弥三郎といっしょにいた侍だ。

「青柳どのでございますか」

「さよう」

「ご用人さまがお話ししたいとのこと。中へお入りいただけましょうか」

「わかった」

剣一郎は京之進に目顔で下がるように言い、若い侍のあとに従って下屋敷内に足を踏み入れた。

やはり、その侍の背格好から、先日の雨の夜、剣一郎に襲いかかった侍に間違いないと思った。

剣一郎は書院の間に通され、そこで待っていた村田弥三郎と差し向かいになった。

「大柴家用人の村田弥三郎と申す」

「八丁堀与力青柳剣一郎でございます」

「青痣与力のご高名はかねがね承《うけたまわ》っておる。その青柳どのにおすがりしたきことがあり、ここまで足をお運びいただいた次第」

村田弥三郎は軽く頭を下げてから、

「このたびのこと、私の一存でしたこと。我が殿の与《あずか》り知らぬことでござる。どうぞ、そのことをおわかりいただきとう存ずる」

「はて。このような大それたことが、殿様抜きで出来ることでありましょうか」

「お疑いはもっともなれど」

村田弥三郎は深く息を吐き、

「殿の知行地三沢村では荒地を開墾し、新しい田畑を作ることになった。そのために、他の村から新たに村にやって来た者もおる。ところが、数年前に、三沢村では疫《えき》病《びょう》が蔓延《まんえん》し、子どもたちが大勢なくなるという不幸に見舞われたのだ。将来の働き手を失った百姓の家族は少なくない」

話しながら、村田弥三郎は何度か咳《せき》をした。持病でもあるのか。

「相模屋惣兵衛が孤児の面倒を見ていることを知り、養子として三沢村に来てくれる子を世話してもらうよう頼んだのだ。『多幸園』から養子に来た子どもの評判はよく、里親を希望している家族が増えた。だが、わざわざ、江戸を離れ、遠国に来る子はいない。そんなときに、『相模屋』の番頭が、子どもを集めて送り込みましょうと言ってくれたのだ。それがかどわかしだった」

「番頭には謝礼を渡したのですな」

「さよう」

「それでは人買いではありませぬか」

「悪いこととは思った。だから、かどわかすのは孤児に限らせた。それに、里親は子どもを大事にする。決して、働かせるためだけの理由ではない。子どもが欲しいのだ。だから、子どもとて仕合せであろうと考えた」

「子どもにも夢があります。職人になりたい子もいれば、商人になりたい子もおります。そういう子の夢を奪うことになりましょう。それが、子どもの仕合せになりましょうか。また、孤児といえども、いなくなることで悲しむ人間もありましょう。さらに、たったひとりの弟がかどわかされ、悲嘆にくれている姉がいるのをご存じでしょうか」

村田弥三郎は驚いたように目を見開いた。そして、酷《むご》い行ないを改めて悔いるように、唇を噛んだ。

「さらに、番頭はかどわかしの秘密を守るために、手伝わせた者を殺しているのです」

「なんと」

村田弥三郎は膝に置いた拳を握りしめた。

「これも、すべて私ひとりの責任でござる。殿には関係ないこと。また、知行地の百姓たちにも落ち度はない。青柳どの。どうか、ひとえにお願いいたす。私、ひとりの責任として寛大なるご処分を……」

大柴源右衛門を守って、腹を切る気だと、剣一郎は思った。

「お心、十分にわかりました。私の出来る限りのことはいたしましょう。ただし、村田どの。死んではなりませぬ。生きて、罪を償《つぐな》うことを条件に、今の頼みを聞きいれましょう。よろしいですか。死んではなりませぬ」

剣一郎は言い含めた。

「それでは、追って沙汰がございましょう。どうか、それまでご謹慎なされて恭順の意を表されますように」

「このとおり、お願い申し上げる」

村田弥三郎は両手をついて深々と頭を下げた。

「では」

剣一郎は立ち上がった。

部屋の外に、若い侍が待っていた。

その者に案内され、玄関に出ると、そこに男が立っていた。

「おっ、文七。無事であったか」

「青柳さま。ご心配をおかけいたしました」

文七は元気そうに答えた。

手首に縄目のあとがあった。文七は捕らわれていたようだ。

「青柳さま。先日は申し訳ありませんでした」

若い侍は素直に詫びた。

「いや、なかなかの剣捌《さば》き。これからも修行に励まれよ」

「いいえ、私は村田さまと運命を共にいたします」

「村田どのは、それを望まぬはず」

そう言い残し、剣一郎は文七と共に、大柴源右衛門の下屋敷を出て行った。

六

今年の十二月の再会を約束し、才蔵の玉吉は一足先に相模に帰ったが、二月になっても、沢市は江戸を離れずにいた。

だが、いよいよ明日は江戸を発とうと決意した夜、沢市は赤坂田町に駕籠で向かった。『蓬萊家』の土間に入ると、お久がやつれた表情で迎えた。

「お帰りなさいまし」

そういう声にも、いつもの張りがなかった。

やはり、多吉が小伝馬町《こでんま》の牢屋敷に送り込まれたことがお久を落ち込ませているのであろう。

梯子段を上がり、二階の小部屋に入った。

いつものように羽織を脱がし、浴衣と丹前を着せかけてくれようとするのを、沢市は制した。

「太夫、どうなさったのですか」

お久は怪訝そうにきく。

「お久さん。まあ、ここにお座り」

沢市は先に腰を下ろした。

お久が向かいに座るのを待って、沢市は切り出した。

「私は明日、江戸を発つことにしました。お久さんのおかげで、江戸で楽しい日々を過ごすことが出来た。このとおり、礼を申し上げます」

「太夫、どうなすったのですか」

「まあ、お聞き」

太夫はお久を制して、

「おまえさんには言い知れぬ苦労があったことは察していた。まあ、ここで働く女にはそれぞれひとに言われぬ過去があるだろうことは想像される。お久さんはお武家さまのご妻女であられたそうですな」

「太夫。それをどうして？」

お久の青白い頬に一筋のほつれ毛がかかっていた。

青痣与力こと青柳剣一郎から、お久と多吉のことを聞いたのだ。多吉がお久を身請けする金を作るためにかどわかしという悪事を働いたのだという。

お久の気の毒な身の上が身につまされ、さらに、多吉のお久に対する献身的な努力に、沢市は心を動かされたのだ。

庄屋の息子であり、道楽のような三河万歳で江戸に出て、お久のもとに通いつめた。そんなめぐまれた己の境遇が、お久と多吉の前ではうとましくさえ感じられた。貧しく虐《しいた》げられた暮らしの中で、ふたりの心の結びつきは神々しいばかりに輝いているように思われた。

そんなふたりの姿を前にしては、自分の存在など紙切れのようなものだと沢市は思った。三河万歳の太夫として大成するためにも、俺は性根を入れ替えねば駄目だと悟ったのだ。そして、ある結論に達したのだ。

沢市が懐から懐紙に包んだものを取り出し、お久の手に握らせた。

「太夫、これは？」

「十五両ある。これを、多吉さんのぶんの金に足して、おまえさんはここを出なさい」

「出る？」

お久はいっぱいに見開いた目に戸惑いの色を浮かべていた。

「青柳さまからお聞きした。多吉さんは、おそらく島送りになるだろうが、それほど長くなく江戸に戻ってこられるようになるだろうと」

「それはほんとうですか」

「青柳さまが、そのようにご尽力なさるそうだ。青柳さまが仰《おつしや》るからには間違いありますまい。さあ、そこでだ。お久さん」

沢市はにこりと笑い、

「今度はおまえさんが多吉さんを待ってやる番だ。島送りになる前に、おまえさんは多吉さんに身請けをしてもらい、多吉さんのご新造さんになるのだ。多吉さんは牢内だが、なあに、心が結ばれていれば形などどうでもいい」

「太夫」

「おまえさんが待っているとなれば、多吉さんだって島でどんなに苦しくても堪えられるはず。何年か後に多吉さんが帰って来たら、晴れて、ふたりは夫婦に……」

お久を失う悲しみを堪えながら、沢市はふたりの仕合せのために必死で説いていた。

春の夜風が梅の香りを座敷に運んで来た。

頑《かたくな》だった文七がやっと部屋に上がった。

「このたびのこと、そなたの力に負うところが大きかった。礼を申すぞ」

「とんでもありませぬ。私はただ、傍でうろちょろしていただけに過ぎません」

「おかげで子どもたちも、元の住まいに戻った。ただ、皆、一様に元気だったことに驚いた」

「土蔵の中に閉じ込められていたようですが、食べ物もちゃんとしたものをあてがわれていたようでございますね」

「監視の目があれば、庭の散歩も許されていたようだ。決して、子どもたちが虐げられていたのではなかったことは救いだ」

「相模屋惣兵衛はいかがなりましょうか」

「多吉と同様、島送りが妥当だろう。時期を見て、帰すようにする」

旗本大柴源右衛門を助けるためには、やはり用人の村田弥三郎の切腹は免れないようだった。

多恵とるいが酒肴の膳を運んで来た。

「さあ、文七。呑め」

剣一郎は文七に酒を勧めた。

はいと、剣一郎の注いだ酒を呑み干すと、

「文七さん。どうぞ」

と、すぐにるいが文七に酒を勧めた。

「どうも」

文七は恐縮した。

「遅い正月だ」

暮れから正月いっぱいは苦しかった。今、ようやくその苦労から解放されたのだ。

「剣之助兄さんはどんなお正月を迎えたのでしょうか」

るいがふと呟いたとき、多恵もまた不安そうな目をした。

「剣之助も志乃さんもそれなりに頑張っているのでしょう」

多恵が自分自身に言い聞かせるように言った。

「一度、酒田に行ってきましょうか」

文七が言った。

ぜひ、そうしてもらいたいと思ったが、剣一郎は多恵やるいの手前、そのことを口に出せなかった。

「そうですね。文七さんに行ってもらいましょうか」

「うむ。どちらでも構わぬが」

剣一郎は強がって言った。

「じゃあ、行って来ます。何か言づけなり、お届け物でもあれば持って参りますが」

「じゃあ、明日、支度をいたしましょう」

「私も兄上に何か差し上げようかしら」

るいが弾んだ声で言った。

ふと、沢市太夫は今頃、どこまで行ったのだろうかと、剣一郎は沢市太夫に思いを馳《は》せた。

子隠し舟

一〇〇字書評

切り取り線

購買動機（新聞、雑誌名を記入するか、あるいは○をつけてください）	
□（　　　　　　　　　　　　）の広告を見て	
□（　　　　　　　　　　　　）の書評を見て	
□ 知人のすすめで	□ タイトルに惹かれて
□ カバーが良かったから	□ 内容が面白そうだから
□ 好きな作家だから	□ 好きな分野の本だから

・最近、最も感銘を受けた作品名をお書き下さい

・あなたのお好きな作家名をお書き下さい

・その他、ご要望がありましたらお書き下さい

住所	〒				
氏名		職業		年齢	
Eメール	※携帯には配信できません	新刊情報等のメール配信を 希望する・しない			

この本の感想を、編集部までお寄せいただけたらありがたく存じます。今後の企画の参考にさせていただきます。Eメールでも結構です。

いただいた「一〇〇字書評」は、新聞・雑誌等に紹介させていただくことがあります。その場合はお礼として特製図書カードを差し上げます。

前ページの原稿用紙に書評をお書きの上、切り取り、左記までお送り下さい。宛先の住所は不要です。

なお、ご記入いただいたお名前、ご住所等は、書評紹介の事前了解、謝礼のお届けのためだけに利用し、そのほかの目的のために利用することはありません。

〒一〇一−八七〇一
祥伝社文庫編集長　清水寿明
電話　〇三（三二六五）二〇八〇

祥伝社ホームページの「ブックレビュー」からも、書き込めます。
www.shodensha.co.jp/bookreview

祥伝社文庫

子隠《こがく》し舟《ぶね》　風烈廻《ふうれつまわ》り与力《よりき》・青柳剣一郎《あおやぎけんいちろう》

平成21年 2 月20日　初版第 1 刷発行
令和 6 年11月20日　　　第 6 刷発行

著　者　小杉健治《こすぎけんじ》
発行者　辻　浩明
発行所　祥伝社《しょうでんしゃ》
東京都千代田区神田神保町 3-3
〒 101-8701
電話　03（3265）2081（販売）
電話　03（3265）2080（編集）
電話　03（3265）3622（製作）
www.shodensha.co.jp

印刷所　堀内印刷
製本所　ナショナル製本
カバーフォーマットデザイン　中原達治

Printed in Japan ©2009, Kenji Kosugi ISBN978-4-396-33481-9 C0193

祥伝社文庫の好評既刊

小杉健治

刺客殺し

風烈廻り与力・青柳剣一郎④

江戸で首をざっくり斬られた武士の死体が見つかる。それは絶命剣によるもの。同門の浦里《うらさと》左源太《さげんた》の技か!?

小杉健治

七福神殺し

風烈廻り与力・青柳剣一郎⑤

人を殺さず狙うのは悪徳商人、義賊「七福神」が次々と何者かの手に……。真相を追う剣一郎にも刺客が迫る。

小杉健治

夜烏《よがらす》殺し

風烈廻り与力・青柳剣一郎⑥

冷酷無比の大盗賊・夜烏の十兵衛が、青柳剣一郎への復讐のため、江戸に戻ってきた。犯行予告の刻限が迫る!

小杉健治

女形《おやま》殺し

風烈廻り与力・青柳剣一郎⑦

「おとっつあんは無実なんです」父の斬首刑は執行され、さらに兄にまで濡れ衣が……真相究明に剣一郎が奔走する!

小杉健治

目付殺し

風烈廻り与力・青柳剣一郎⑧

腕のたつ目付を屠《ほふ》った凄腕の殺し屋を追う、剣一郎配下の同心とその父の執念! 情と剣とで悪を断つ!

小杉健治

闇太夫《やみだゆう》

風烈廻り与力・青柳剣一郎⑨

百年前の明暦《めいれき》大火に匹敵する災厄が起こる? 誰かが途轍《とてつ》もないことを目論んでいる……危うし、八百八町!

祥伝社文庫の好評既刊

小杉健治

袈裟《けさ》斬り

風烈廻り与力・青柳剣一郎⑯

立て籠《こ》もった男を袈裟懸《けさが》けに斬り捨てた謎の旗本。一躍有名になったその男の正体を、剣一郎が暴く！

小杉健治

仇返《あだがえ》し

風烈廻り与力・青柳剣一郎⑰

付け火の真相を追う父・剣一郎と、二年ぶりに江戸に帰還する倅・剣之助。それぞれに迫る危機！

小杉健治

春嵐《しゅんらん》（上）

風烈廻り与力・青柳剣一郎⑱

不可解な無礼討ち事件をきっかけに連鎖する事件。剣一郎は、与力の矜持《きょうじ》と正義を賭け、黒幕の正体を炙《あぶ》り出す！

小杉健治

春嵐（下）

風烈廻り与力・青柳剣一郎⑲

事件は福井藩の陰謀を孕《はら》み、南町奉行所をも揺るがす一大事に！　巨悪に立ち向かう剣一郎の裁きやいかに？

小杉健治

夏炎《かえん》

風烈廻り与力・青柳剣一郎⑳

残暑の中、市中で起こった大火。その影には弱き者たちを陥《おとし》れんとする悪人の思惑が……。剣一郎、執念の探索行！

小杉健治

秋雷《しゅうらい》

風烈廻り与力・青柳剣一郎㉑

秋雨の江戸で、屈強な男が針一本で次々と殺される……。見えざる下手人の正体とは？　剣一郎の眼力が冴える！

祥伝社文庫の好評既刊

小杉健治
冬《とう》波《は》
風烈廻り与力・青柳剣一郎㉒

下手人は何を守ろうとしたのか？ 事件の真実に近づく苦しみを知った息子に、父・剣一郎は何を告げるのか？

小杉健治
朱《しゅ》刃《じん》
風烈廻り与力・青柳剣一郎㉓

殺しや火付けも厭わぬ凶行を繰り返す、朱雀太郎。その秘密に迫った青柳父子の前に、思いがけない強敵が——。

小杉健治
白《びゃく》牙《が》
風烈廻り与力・青柳剣一郎㉔

蠟燭《ろうそく》問屋殺しの疑いがかけられた男。だがそこには驚くべき奸計が……。青柳父子は守るべき者を守りきれるのか!?

小杉健治
黒猿《くろましら》
風烈廻り与力・青柳剣一郎㉕

倅・剣之助が無罪と解き放った男に新たに付け火の容疑が。与力の誇りをかけて、父・剣一郎が真実に迫る！

小杉健治
青不動
風烈廻り与力・青柳剣一郎㉖

札差の妻の切なる想いに応え、探索に乗り出す剣一郎。しかし、それを阻むように息つく暇もなく刺客が現れる！

小杉健治
花さがし
風烈廻り与力・青柳剣一郎㉗

少女を庇《かば》い、記憶を失った男に迫る怪しき影。男が見つめていた藤の花に秘められた想いとは……剣一郎奔走す！